아들에게
남기는 인문학

아들에게
남기는 인문학

아들에게 남기는 책을 만들며

책이라고 하기에는 많이 부족하고 미흡하지만 그래도 옛 성인, 학자들의 좋은 말들을 나름대로 모아서 만든 것이니 조금이나마 배우고 공부하는데 보탬이 되었으면 한다.

책을 읽다 보면 내용이 중복되는 부분도 있는데 여러 책들을 보며 메모하여 옮긴 것이라 책에서 중요한 부분을 각각 다루고 있어 반복 암기하여 마음속에 새겼으면 하는 마음에 메모한 그대로 엮었음을 알아두기 바란다.

그리고 중요한 부분만을 짧게 옮기다 보니 이해가 덜 될 텐데

전 후 사연을 감안하여 그 부분만을 이해하는데 힘을 썼으면 한다.

책 속의 내용은 짧게는 100~200년, 길게는 1000~2000년 이상 살아남고 전해져 내려오는 고전 인문학 책에서 모은 것이며, 요즘 시대에 쓰이지 않는 용어들도 더러 있는데 그대로 썼다.

예) '참소' 남을 헐뜯어 죄가 있는 것처럼 꾸며 윗사람에게 고하여 바침.

글을 정리하며 뜻의 의미는 크게 차이가 없다고 생각되었지만 [1. 공부], [2. 생활, 수양], [3. 일, 처세]의 세 분류로 나누어 보았다. 크게는 모두 하나의 의미로 책을 읽는 것이 맞다고 본다. 공부는 죽어서야 끝나는 것이라고 한다. 지금 나 또한 공부에 전념을 하고 있지는 않지만 늘 책을 옆에 두고 읽으며 배우려 애쓰고 있다. 배우지 않는 것은 벽에 낮을 대고 서 있는 것과 같다고 하니 어찌 공부하지 않으며 앞을 보지 않고 벽만 보고 있을 수 있겠느냐!

책을 보고 읽는 것도 여러 가지 방법이 있는데 결과적으로 보면 많은 책을 보아야 한다는 것이다. 다산 정약용의 초서법 책을 보며 중요하거나 핵심을 요약해서 메모하여 반복 공부하는 것. 그리하면 많은 책들을 읽어 내려갈 수 있다고 생각된다. 많은 여러 종류의 책을 다독하여 보는 것도 중요하지만 책을 잘 선별하여 보는 것 또한 중요하게 생각된다.

공부는 배움과 실천이 동시에 실행되어야 한다고 한다. 열 가지를 배우기보다는 몸과 마음을 바르게 하여 한 가지라도 배워 실천할 수 있는 훌륭한 사람이 되길 바란다.

1

부
공 움
배

- 가슴속에 들어온 앎이면 안다고 하고 가슴속에 들어오지 못한 앎, 단순한 정보에 불과하면 모른다고 하는 것이 진정한 앎의 태도인 것이다. <공자>

- 스스로를 이길 수 있는 사람이라면 지식을 습득하는 것은 어려운 일이 아니다.

- 세상에 두 종류의 책이 있다. 고전과 비 고전, 고전은 짧게는 100~200년 이상 길게는 1000~2000년 이상 살아남은 책을 말한다. 쉽게 말해서 천재들의 저작이다.

- 배움에는 뜻을 세우는 것 보다 먼저 할 것이 없다.

  뜻이 서지 않았는데도 배움을 이룬 사람은 아직 없다.

- 1등은 다른 사람에게 양보하고 2등을 하겠다고 하지 마라.

  만일 그렇게 말을 한다면 이것은 자신을 버리는 것이다.

  게으른 마음으로 일생을 살아가는 것이 바로 자신을 해치고 버리는 것이다.

- 배움이 진보하지 않는 것은 모두 옛날 하던 그대로 따라하기만 하기 때문이다.

- 배우기만 하고 생각하지 아니하면 얻는 것이 없고,

  생각만 하고 배우지 아니하면 위태하다.

- 진리를 탐구하는 것과 실천하는 것은 비록 두 가지 서로 다른 공부이지만 모름지기 동시에 진행해야 한다.

- 빨리 이르려고 하면 이르지 못한다. <공자>

- 배우는 사람은 반드시 앎과 행함이 함께 나아가야 한다.

- 글에서 널리 배워야 한다.

- 학문을 함으로써 얻는 큰 이익은 기질을 변화시키는 데 있다.

- 널리 배우고, 자세히 묻고, 신중히 생각하고, 분명하게 변별하며, 독실하게 행한다.

  다섯 가지 가운데 하나라도 폐하면 학문이 아니다.

- 마음은 몸의 주인이고 몸은 마음의 도구이다.

- 옛사람은 나무꾼에게도 물어보라 했다.

- 옥은 갈지 않으면 그릇을 만들지 못하고, 사람은 배우지 못하면 도를 알지 못한다.

- 서툴러도 반복해서 최선을 다하면 최고가 될 수 있다.

- 사람은 모두 비슷한 성품을 지니고 태어나지만 공부하는 습관에 따라 인생이 달라진다.

- 자신보다 못난 사람에게 질문하는 것을 결코 부끄럽게 여기지 마라. <공자>
- 깊이 생각하라. 깊이 생각해도 터득하지 못하면 귀신이 가르쳐 준다.
- 말이 어찌 한 갈래뿐이겠는가 제각기 경우에 꼭 맞는 말이 있다.
- 배우면 평민의 자식이라 하더라도 공경이 될 수 있고, 배우지 않으면 공경의 자식이라도 평민이 되는 것이다.
- 말하지 말라. 오늘 배우지 않고 내일이 있다고 말하지 말라. 올해 배우지 않고 내년이 있다고. 말하지 마라.
- 많은 이들은 그들이 어떠한 것과 마주치든 간에 그러한 것들을 생각하지 못하고, 배우고서도 알지 못하지만, 자신들이 안다고 여긴다.
- 학업은 근면함에서 정진되고 노는 데서 황폐 해진다. 행실은 생각하는 데서 이루어지고 방종함에서 허물어진다.
- "사람의 폐단은 스승이 되기를 좋아하는 데 있다." <맹자>
- 남의 것을 배우는 사람이 선생 보다 더 훌륭하게 된다는 것은 어려운 일이다.

흐르는 물을 긷는 자는 가장자리 물만 뜨게 되는 법이니 세상에 자기 것을 버리고 남의 것을 배우는 사람이 좋을 리 없다.

- 보고 듣고 배울 수 있는 모든 것들을 나는 더 중시한다.
- 눈은 귀보다 더 정확한 증인이다.
- 지성을 가지고 말하려는 사람들은 모든 것에 공통된 것에 확고히 기반을 두어야 한다.
- 사려하는 것은 가장 큰 덕이다.

참을 말하는 것과 본성에 귀 기울여가며 그것에 따라 행동하는 것은 지혜이다.

- 금을 찾는 사람들은 많은 땅을 파내고 적은 것을 발견한다.
- 사람들을 행복하게 해주는 것은 몸도 재물도 아니고, 올바름과 폭넓은 분별력이다.
- 반대를 일삼고 말을 많이 늘어놓는 사람은 마땅히 배워야 할 것들을 배우는 데 걸맞은 성품을 타고난 자가 아니다.
- 젊은이를 가르치는 데 무엇보다도 가장 나쁜 것은 경솔함이다.

- 배움은 수고를 통해서 아름다운 것들을 이루어 내지만, 추한 것들은 수고 없이 저절로 열매를 맺는다.

- 더 많은 사람들이 본성으로 부터보다는 훈련을 통해 훌륭하게 된다.

- 본성과 가르침은 유사한 것이다.
  가르침은 사람을 개조하며, 개조함으로써 본성을 재형성하기 때문이다.

- 종국적으로는 무지와 어리석음이 모든 잘못과 불행의 원인이기 때문이다.

- 바른 학문에 힘써 바르게 말하고, 왜곡된 학문으로 세상에 아첨하지 마라.

- 옛일을 서술할 뿐 저술하지 않는다. 군자의 원칙입니다.

- 부가 첫째이고 귀는 다음이다.
  이미 몸이 귀해지면 각각 한 가지 재능을 배워 그 자신을 세울 수 있다.

- 그 실질이 그 명분에 들어맞는 것을 바름이라 하고,
  그 실질이 들어맞지 않는 것을 거짓이라고 한다.

- 정신이란 삶의 근본이며 육체는 삶의 도구이다.

- 나는 평소 생활하는 가운데서 자연히 아이들을 교육시키면서 있다.

- 나는 남들이 쉴 때도 쉬지 않고, 남들이 잠잘 때도 자지 않으면서 공부에 힘써볼 것이다.

- 말은 생각을 전하기 위해 있는 것이며 생각한 바를 알고 난 다음에는 말을 잊고 만다.

- 원래 배워서 얻는 것은 얕지만 몸에 익힌 것은 깊다.
  예법을 공부하기보다는 예식에 맞는 모습을 보고 배우는 편이 낫다. 또 옛사람의 말을 음미하는 것보다 친히 교시를 받는 편이 낫다.

- 신사 공부법. 그냥 읽기만 하면 하루에 천백 번을 읽어도 읽지 않은 것과 마찬가지이다.
  책을 읽을 때에는 한 글자씩 볼 때마다 그 뜻을 분명하게 알지 못하는 곳이 있으면 널리 고찰하고 자세히 연구해서 그 근본을 터득한 후 그 글의 전체를 완전히 이해할 수 있어야 한다.

이렇게 하면 한 권의 책을 읽어도 수백 권의 책을 읽은 효과가 있다고 말하였다. 잘 모르는 대목은 반드시 반복해서 보아야 하며 모르는 채로 그냥 넘어가지 말라.

- 옛것을 배워 새로운 것을 창조하는 것이다.

- 자기 자신을 잊어야만 무엇을 하더라도 그 일의 경지에 이를 수 있다.

- 이치를 깨달은 선비는 괴이하게 여기는 게 없지만 속인, 즉 본 적이 없는 이는 괴이하고 의심스러운 것이 많다.

- 만 권의 책을 읽고 만 리를 다니면서 여행을 해야 세상의 일을 알 수 있다.

- 옥이 옥의 가치를 다하고 재목이 재목의 가치를 다하기 위해 다듬고 깎이듯, 사람도 사람의 가치와 구실을 다하기 위해서는 공부하여 학문의 길로 나서야 한다.

- 책을 읽을 때는 지나치게 소리를 높이거나 몸을 흔들거나 눈을 돌리지 않아야 한다. 그리고 너무 빠르거나 느리게 읽어서도 안 된다.

- 세월은 화살처럼 빠르게 지나가고 그 후에는 다시 쫓기 어려우니 부지런히 공부해야 된다.

- 성급한 사람은 공부를 급히 포기한다, 우물을 팔 때도 100자 깊이로 파야 하는데, 네다섯 번 파고 나서는 물이 솟아오르지 않는다고 좌절하는 경우가 많다.

  90자까지 팠는데 샘물이 나오지 않는다고 파는 것을 그만둔다면 어찌 우물을 얻을 수 있겠는가?

  100자까지 파 내려가서 원하는 샘물을 얻는 사람이 되라.

- 꾸준히 오래 공부하려면 잘 때는 자고 일어날 때는 일어나서 틈틈이 자신의 심신을 살피는 것을 잊어서는 안 된다고 거듭 강조한다.

- 높은 곳에 오르려면 낮은 곳에서부터 시작해야 하고,

  먼 곳에 가려면 가까운 곳으로부터 나아가야 한다.

  공부할 때 한 단계씩 차근차근 밟아 올라가야 한다.

- 공부는 사람다운 사람이 되기 위해 누구나 해야만 하는 것이며 특별한 사람만이 하는 것이 아니다.

- 공부는 죽은 뒤에나 끝나는 것이니 서두르지도 늦추지도 않아야 한다.

- 율곡의(자경문) 11조항을 간추리면

1. 입지 – 뜻을 크게 가지고 성인의 경지에 이를 때까지 공부하는 것을 멈추지 않는다.

2. 과언 – 마음을 안정시키려면 말을 줄여야 한다.

3. 정심 – 마음을 바르게 하기 위해 잡념과 집착을 끊어야한다.

4. 근독 – 홀로 있을 때라도 언제나 나태함을 경계하고 삼가라.

5. 독서 – 해야 할 일을 모두 마친 뒤에 글을 읽어라.

6. 소재욕심 – 재물과 욕심에 마음을 두거나 탐하지 마라.

7. 진성 – 해야 할 일이라면 정성을 다해 진심으로 하라.

8. 정의지심 – 천하를 얻더라도 불의를 얻어서는 안된다.

9. 감화 – 누구나 나에게 악한 일을 했더라도 스스로 돌이켜 깊이 반성하고 그를 감화시키려고 노력해야한다.

10. 수면 – 마음을 항상 깨어 있게 하고 바른 자세로 자야한다.

11. 용공지효 – 공부는 서두르지 말고, 쉬지도 말고, 멈추

지도 말고, 꾸준하게 끝까지 해야 한다.

- 율곡 이이는 밤에 공부하는 것이 낮에 공부하는 것보다 더 낫다고 말하였다.

- 공부는 왜 해야 하는가? 사람답게 살기 위해 해야 하며, 공부하지 않으면 사람이라고 할 수 없기 때문이다.
  사람다운 사람은 식견이 넓어야 하고 마음이 열려 있어야 한다.

- 율곡 이이는 한 단계씩 차근차근 밟아 올라가는 것을 공부의 모범으로 삼았다.

- 이이는 '공자는 선인들이 크게 이룩한 것을 모은 사람이고, 주자는 현인들이 크게 이룩한 것을 모은 사람'이라고 생각하였다.

- 몸가짐과 마음가짐에는 아홉 가지 태도보다 더 중요한 것이 없고, 공부하는 데에는 아홉 가지 생각보다 더 중요한 것이 없다고 하였다.

- 율곡 이이가 강조한 9가지 태도

  1. 걸음걸이는 무거워야 하고 (발을 가볍게 들거나 옮기지 않는다.)

  2. 손을 공손히 가지며 (손을 아무 곳에나 함부로 놓지 않는다.)

  3. 눈을 바르게 뜨고 (눈을 이리저리 굴리지 말고 똑바로 바라본다.)

  4. 입은 다물어야 하며 (밥 먹거나 말할 때 외에는 입을 가볍게 놀리지 않는다.)

  5. 말소리는 조용히 해야 하고 (입을 진중하게 다물고 삿된 소리를 내지 않는다.)

  6. 머리를 곱게 들며 (머리와 몸의 자세를 바르게 한다.)

  7. 숨소리는 정숙하게 하고 (기운을 단정히 해서 숨 쉬는 소리는 함부로 내지 않는다.)

  8. 서 있는 모습은 의젓하게 하며 (한쪽으로 기울거나 비스듬히 서지 않는다.)

  9. 얼굴빛은 단정하고 위엄이 있게 하는 것 (얼굴에 노여운 빛이 있어서는 안 된다.)

- 강조한 9가지 생각

  1. 환히 보려고 생각하고 (무엇이든 바르게 보기 위해 편견이나 욕심을 가지지 마라.)

  2. 똑똑하게 들으려고 생각하며 (듣는 것을 가리지 마라.)

  3. 안색을 온화하게 가지려고 생각하고 (얼굴빛을 노엽게 하지 마라.)

  4. 태도를 공손하게 가지려고 생각하며 (단정히 몸가짐을 가져라.)

  5. 말을 진실하게 하려고 생각하고 (꾸밈없는 말을 하라.)

  6. 일할 때는 조심하려고 생각하며 (작은 일도 단정하고 조심스럽게 하라.)

  7. 의심날 때는 물어볼 것을 생각하고 (모르는 것은 꼭 물어라.)

  8. 화가 날 때는 곤란하게 될 것을 생각하며 (화가 날 때는 이치를 생각하며 그 화를 참아라.)

  9. 이득이 생길 때는 의리를 생각하라 (이치에 맞는 것인지 생각한 연후에 재물을 받아라).

- 말과 잡념이 많은 것이 마음공부에 가장 해롭다.

- 새벽에 일어나면 아침에 할 일을 생각하고 밥을 먹고 난 뒤에는 낮 동안 무엇을 할 것인지 생각하며 잠자리에 들 때면 내일 무엇을 할 것인지 생각하라. 일이 없으면 마음을 내려놓고 일이 있으면 반드시 생각을 하여 그에 합당한 해결 방법을 얻어야 할 것이다. 책 읽기는 그 모든 것을 한 뒤에 해도 충분하다.

- 율곡이 말한 '공부하는 사람이 가져야 할 4가지'

  1. 거경 - 마음을 수양하라.

  2. 궁리 - 진리와 이치를 탐구하라.

  3. 역행 - 몸으로 실천하라.

  4. 경제 - 세상을 다스리고 백성을 살리는 일을 하라.

- "다른 사람이 쓴 책을 많이 읽어라. 이는 남이 고생한 것을 가지고 쉽게 자기 발전을 이룰 수 있는 장 좋은 방법이다." <소크라테스>

- 지식은 넓게 가지고 행동은 예의에 맞게 하라. <공자>

- 배우고 생각하지 않으면 앞날이 어둡고, 생각만 하고 배우지 않으면 앞날이 위태하다. <공자>

- 생각하면 얻고 생각하지 않으면 얻지 못하게 된다. <맹자>

- 기억에 의해서가 아니라 사색에 의해서 얻어진 것만이 참된 지식이다. <톨스토이>

- 반대하거나 논쟁하기 위해 책을 읽지 마라.
  그렇다고 있는 그대로 수용하기 위해서도 책을 읽지 마라.
  그저 자신이 생각하고 연구하기 위해서 책을 읽는 것이 필요하다. <프랜시스 베이컨왈>

- 생각하지 않고 읽는 것은 씹지 않고 식사하는 것과 같다.
  <E.버크>

- 독서는 다만 지식의 재료를 줄 뿐, 그 자신의 것을 만드는 것은 사색의 힘이다. <로크>

- 당신에게 가장 필요한 책은 당신으로 하여금 가장 많이 생각하게 하는 책이다. <마크 트웨인>

- 운명은 여자와 같아서 정복하고 싶다면 굴복시켜야 한다.
  운명은 조심스럽게 접근하는 사람보다는 맹렬하게 접근

하는 사람에게 자신을 차지하도록 허용할 것이다.

<서양의 정치가 마키아벨리>

- 공부는 한꺼번에 몰아치듯 해야 한다.

- 글을 읽고(경전을) 천하만사에 활용하지 않는다면 그것은 글자를 읽는데 불과하다.

- 만 권의 책을 읽으면 글을 쓰는 것이 신의 경지에 이르게 된다.

- 가슴속에 만 권의 책이 들어 있어야 글과 그림이 저절로 흘러넘치게 된다.

- 학문을 하는 학자는 넓고 원만한 마음을 가져야 한다.

  날카롭고 모가 나고 구석이 많은 성품을 가져서는 안 된다.

- 아래에서부터 차근차근 배워서 위로 올라가야 반드시 쓸모 있는 지식을 습득할 수 있다.

- 책을 읽는다고 하면서 실제 몸으로 행하지 못하면 아무 소용이 없다.

  그런 공부는 문장을 아름답게 꾸미고 말만 번지르르하게 하는 도구일 뿐이니 진정한 공부라 할 수 없다.

- 공부는 자신을 큰 사람으로 만들어 나가는 일.

- 한 인간의 존재를 결정짓는 것은 그가 읽은 책과 그가 쓴 글이다. <도스토옙스키왈>

- 학문을 잘 하는 사람은 마치 목수가 견고한 나무를 다듬듯이 쉬운 부분부터 먼저 공부하였다가 점차 어려운 부분을 공부한다.

- 남이 한 번에 능히 하면 나는 열 번을 하고, 남이 열 번에 능히 하면 나는 천 번을 한다. 배우지 않으면 그만이지만, 만일 배운다면 능하게 할 때까지 절대 중단하지 말아야 한다.

- 학문을 하는 까닭은 기질을 능히 변화시키기 위함이다.

- 내일을 기다리지 말고 지금 당장 공부를 시작해야 한다. 또한 자신을 의심하여 머뭇거리지 말고 형편에 따라 공부에 힘을 쏟아야 한다. <퇴계 이황>

- 학문을 익히는 것은 거울을 닦는 것에 비유할 수 있다. 거울은 본래 밝아야 하는 것인데, 먼지와 때가 겹겹이 덮여 있으면 다시 밝음을 찾기 위해서 약을 묻혀 매일 꾸준

히 씻고 닦아야 한다. 공부도 이와 마찬가지이다.

<퇴계이황>

- 처음을 잘못한 것은 아니건만, 끝까지 잘하는 자는 정말 드무네! <시경>

- 배우는 사람은 나날이 배울 것이 늘어나고 도를 행하는 자는 나날이 배울 것이 줄어든다.

- 자신의 장점으로 남을 능가 하려는 것이 아니라, 그 장점을 어떻게 살려 나가느냐는 점이 또한 남보다 나은 점이다.

- 사람은 뜻이 서지 못하는 것을 걱정할 뿐이다.

- 저술하되 창작하지 않았다. 옛것을 좋아하고 믿었다.

<공자>

- 나는 반성을 통해서 나에게 가장 좋은 것으로 믿어지는 이유가 있을 때만, 그 이유에 따라서 행동하는 사람들 중의 한 사람이고 과거에도 항상 그렇게 해왔네.

- 망각은 바로 지식의 상실이다.

- 원칙과 일치하는 것은 참이라고 확신했네.

- 군자는 먹는 것에 배부름을 추구하지 않고, 거처하는데 편안함을 추구하지 않는다. 또한 일하는데 민첩하고 말하는 데는 신중하며, 도의를 아는 사람에게 나아가 자신의 잘못을 바로 잡는다.
  이런 사람이라면 배우기를 좋아한다고 할 만하다.
- 옛것을 익히고 새로운 것을 알면 스승이 될 만하다.
- 군자는 그릇처럼 한 가지 기능에만 한정된 사람이 아니다.
- 안다는 것을 안다고 하고 모르는 것을 모른다고 하는 것, 이것이 아는 것이다.
- 어떤 가르침이나 좋은 이야기를 들었을 때 아직 그것을 실행하지 못했을 때는 다른 가르침을 듣기를 두려워했다
- 인격을 수양하지 못하는 것, 배운 것을 익히지 못하는 것, 옳은 일을 듣고 실천하지 못하는 것, 잘못을 고치지 못하는 것, 이것이 나의 걱정이다.
- 나는 태어나면서부터 세상의 도리를 안 사람이 아니라, 옛 것을 좋아하며 부지런히 그것을 추구하는 사람이다.

- 제대로 알지도 못하면서 새로운 것을 창작하는 사람이 있지만, 나는 그런 일을 하지 않았다. 많이 듣고 그중에 좋은 것을 택하여 따르고, 많이 보고 그중 좋은 것을 마음에 새겨 둔다면, 이것이 진실로 아는 것에 버금가는 일이다.
- 사람의 본성은 큰 차이가 없지만, 학문과 수양을 어떻게 하는가에 따라 차이가 나게 된다. (습성에 따라 차이가)
- 날마다 자신이 알지 못하던 것을 알게 되고, 달마다 자신이 할 수 있던 것을 잊지 않는다면, 배우기를 좋아한다고 할 수 있다.
- 벼슬을 하면서 여유가 있으면 공부를 하고, 공부를 하면서 여유가 있으면 벼슬을 한다.
- 분별은 일종에 앎인 것이 분명하다.
- 사람들이 절제라든가 올바름이라 일컫는 평민적이며 시민적인 훌륭함(덕)은, 철학과 지성 없이도, 습관과 단련(수련)을 통해서 생기는 것이다.
- 참으로 배움을 좋아하는 사람은 천성으로 '실제' 있는 것에 이르려 열심히 한다.

- 신체적 훌륭함은 습관과 단련에 의해 나중에야 생기게 되기 때문이지, 똑똑함의 훌륭함(덕)은 무엇보다도 더 신적인 것 같아 보이네.

- 늙어가면서는 달리기보다도 더 할 수 없는 게 배우는 것이다.

- 나이는 하루하루 늘어가지만 배움에 길은 나날이 새롭구나.

- 다른 사람을 이해할 수 있는 사람은 지혜로운 사람이고 스스로를 알 수 있는 사람은 총명한 사람이다.

- 열심히 노력하여 수양하고 옛일을 익혀 새로운 지식을 얻어야 합니다.

- 박식이 아니라 높은 분별에 힘써야 한다.

- 언어는 존재의 집이다.

- 학문. 실천. 성실. 신의를 가르쳤다.

- 배우지 아니한 자는 담장에 낯을 대고 서 있는 것 같고, 사물에 임하면 번거로울 뿐이다.

- 습관은 성공한 자의 시녀요. 실패한 자의 주인이다.

  <법구경>

- 앞사람의 말씀이나 지나간 행적들을 많이 익혀서 자기의 덕을 쌓는다. <정약용>
- 습관은 오랜 시간이 지나야 형성될 수 있기 때문이다.
- 의심이 적은 사람일 경우에 새로운 것에 대한 이해도 빠르다. 젊은 사람이 나이든 사람보다, 병이든 사람이 건강한 사람보다 이해가 더욱 빠른 것이다.
- 배우지 않는 것은 담벽을 마주 대하고 있는 것과 같아 일을 만나면 곤란을 당할 수도 있다.
- 현명한 사람이 어리석은 자로부터 배우는 것은, 어리석은 자가 현명한 사람한테서 배우는 것보다 많다.
  왜냐하면 현명한 사람은 어리석은 자의 잘못을 보고 스스로 고치지만, 어리석은 자는 현명한 자의 좋은 행동도 흉내 내지 못하기 때문이다.
- 이해관계를 초월해야 위대한 일을 할 수 있고, 모든 형식을 초월해야 사물의 핵심에 도달하여 충분한 기교가 발휘될 수 있다.
- 이론을 펴는 것이 침묵을 지키는 것만 못한 것이오.

- 경을 다른 일에는 쓰지 않고 한 곳에만 집중시키면 귀신 같은 재주를 지니게 된다.

- 옛 방법을 따르되 옛 방법에 합치시키려 들지 않는 것이 위대한 사람의 진실한 모습입니다

- 재물이 없는 것은 가난하다 하고, 배우고도 행하지 못하는 것을 고생이라 한다.

- 세상의 좋은 평판을 바라면서 행동하고, 자기와 친하게 어울리는 사람들만을 벗하고, 학문은 남에게 뽐내기 위해서 하고, 가르침은 자기의 이익을 위해서 하고, 어짊과 의로움을 내세워 간악한 짓을 하고, 수레와 말을 장식하는 일들은 나로서는 차마 하지 못하는 일이다.

- (시경)은 사람들의 뜻을 서술한 것이고, (서경)은 사건들을 서술한 것이며, (예경)은 행동에 대하여 서술한 것이고, (악경)은 조화에 대하여 서술한 것이다.
  (역경)은 음양 변화를 서술한 것이고, (춘추)는 명분에 대하여 서술한 것이다.

- 자신을 귀하게 여김으로써 다른 사람을 천하게 여기지 말고, 스스로 잘났다고 여겨 다른 사람을 멸시하고 하찮게 여기지 말며, 자신의 용맹만 믿고서 적을 가벼이 여기지 말라. 겸손하라.

- 나의 착한 점을 말해주는 사람은 나의 도적이요.
  나의 나쁜 점을 말해주는 사람이 나의 스승이다.

- 부지런함은 값을 매길 수 없는 보배이고, 삼감이란 몸을 보호하는 부적이다.

- 학문에는 깨달음에 들어간다는 것이 있다.
  자기의 마음에 깨달은 바가 있어 스스로 알아내지 못하면, 아무리 책을 읽어도 소용이 없다.

- 공부하는 사람은 처자식과 함께 뒤섞여 거처해서는 안 된다고 하고, 한밤중의 공부가 매우 많으니 잠을 많이 자서는 안 된다고 한다.

- 일상생활에 실천할 수 있는 일을 궁구함이, 오묘한 이치에 도달하는 근본이 된다.

- 붓을 움직이지 않는 공부는 공부가 아니다.

- 학문은 익힘이 귀중하니, 익힘은 오직 한 가지 일에 정신 집중을 하는 때가 가장 좋은 것이다.

  외모를 반듯하게 가다듬고 엄숙한 자세를 취한다면 한 가지 일에 정신 집중이 된다. 한 가지 일에 정신 집중이 된다면 사특함이 생길 수가 없다.

2

활
생 양
수

- 정말 곧은 것은 눈으로 보기에 굽은 것처럼 보인다.
  정말 재주 있는 사람은 겉으로 보기에 못난 사람처럼
  보입니다. 정말 말 잘하는 사람은 어눌해 보인다. <노자>

- 언젠가 때는 오게 된다. 다만 그때를 위하여 준비한 자,
  그렇지 못한 자는 엄청난 차이가 있다.
  지금의 고통은 미래의 즐거움이다. 와신상담에 담겨진 그
  깊은 의미를 되새겨 볼 일이다.

- 자신이 가지고 있는 고집과 지식 편견을 모두 버리고
  열린 마음으로 상대방의 진실을 투명한 눈으로 바라볼 때
  활기차고 아름다운 삶이 이루어진다는 사실을 우리는 명
  심해야 한다.

- 나의 광채를 낮추고 세상의 눈높이에 맞춰라.

- 진정한 최고는 시끄럽지 않다. 겉으로 보기에 너무 평범하
  다. 준비된 사람은 마치 태산과 같다. 어딘가 여유가 넘친다.

- 사람들은 언제나 자신이 유리한 방향으로 생각한다.
  아주 깊숙이 생각하고 분석하는 것 같지만 결정적일 때
  감성적으로 변한다.

- 위대한 사람은 자신이 이룬 공을 자랑하지 않고 그는 성공에 이루고도 그 성공에 머물지 않기 때문에 진정 그 성공이 멀어지지 않는 것이다. <노자>

- 원칙을 수없이 연습한 운동선수만이 순간의 변칙을 통하여 승리를 거머쥔다. 원칙이 꽃이라면 변칙은 열매다.
  반칙과 변칙은 다르다. 원칙에 따라 충실이 연습하고   노력한 자만이 변칙을 쓸 자격이 있다.

- 잘난척하는 지식인은 자신의 지식에 집착하고 있기 때문에 진리에 대해 깨닫지 못한다. 내가 있는 공간 내가 느끼는 나이, 내가 알고 있는 지식을 버릴 때 진정 새로운 기회는 찾아오고 다른 세계로 갈수 있다.

- 거짓을 물리칠 때는 의심하지 말아야 한다.

- 아직 알지 못하는 사람은 경건하지 않으면 알 수 없다.
  이미 안 사람은 경건이 아니면 아는 것을 지킬 수 없다.

- 가까운 데서부터 생각한다는 것은 유사한 것을 가지고 유추하는 것이다.

- 나아가는 것이 빠르면 물러나는 것도 빠르다. <맹자>

- 경건하면 욕심이 적어지고 이치가 밝아진다.

  욕심을 줄이고 또 줄여서 완전히 없어지는 상태에 이르면 고요할 때에는 텅 비고, 움직일 때에는 곧아서 성인을 배울 수 있다.

- 사람은 다 남에게 차마 하지 못하는 마음을 갖고 있다.

- 이치란 무엇인가? 인.의.예.지 이다.

- 요 · 순의 어짊과 탕왕·무왕의 의로움이 하늘과 땅만큼컸던 까닭은 어짊과 의로움으로 채울 수 있었기 때문이다.

- 오성(인. 의. 예. 지. 신)외에 다른 본성은 없고, 칠정(기쁨. 성냄. 슬픔. 즐거움. 미움 또는 두려움. 욕망) 외에 다른 감정은 없습니다.

- 뜻을 성실하게 하는 것은 자기를 수양하고 남을 다스리는 근본입니다.

- 모름지기 일을 만났을 때에는 바로 극복해야지 구차하게 지나쳐서는 안 된다.

- 자기를 수양하는 과정에서 마땅히 덜어내야 할 것은 오직 분노와 욕심이다. 사람의 감정 가운데 일어나기 쉬워도 다스리기가 아주 어려운 감정은 오직 성내는 것이다.

- 성이 날 때에는 노여움을 잊어버리고 이치의 옳고 그름을 살피면 또한 바깥의 유혹은 미워할 만한 것이 못됨을 알 수 있고, 도의 경지에서 반은 넘어섰다고 생각할 수 있다.

- 분노는 다스리기 어렵고 두려움도 다스리기 어렵지만 자신을 이기면 분노를 다스릴 수 있고 이치를 밝히면 두려움을 다스릴 수 있다.

  군자는 도를 얻는 것을 즐거워하고 소인은 욕망을 이루는 것을 즐거워한다.

- 말을 조심하고, 먹고 마시는 것을 절제해야 한다.

- 안으로 여색에 빠지고 밖으로 사냥에 빠지거나, 술을 즐기고 음악을 즐기거나, 집을 높이 짓고 담장을 꾸미는 것 가운데 한 가지라도 있으면 혹시라도 망하지 않는 사람이 없다.

- 군자에게 경계 할 것이 세 가지 있다. 젊었을 때에는 혈기가 아직 안정되지 않았기 때문에 성적인 문제를 경계해야 한다. 장년이 되면 혈기가 한창 굳세기 때문에 싸움을 경계해야 한다. 늙어서는 탐욕을 경계해야 한다. <공자>

- 마음을 두어 스스로 잡으면 없어진 것도 보존되고, 놓아 버리고 잡지 않으면 있던 것도 없어질 뿐이다.

- 자신을 벌주고 꾸짖는 일이 없을 수는 없으나 오랫동안 마음속에 두고 뉘우쳐서는 안 된다.

- 마음에 성내는 것이 있으면 바르게 되지 못하고, 무서워 하고 두려워하는 것이 있으면 바르게 되지 못하고, 좋아 하고 즐거워하는 것이 있으면 바르게 되지 못하고, 근심 과 걱정하는 것이 있으면 바르게 되지 못한다.

- 마음이 안정된 사람은 말이 편안하고 조용하며, 마음이 안정되지 못한 사람은 말이 가볍고 빠르다.

- 마음을 한 곳에 집중하는 것을 경건이라 하고 마음을 다 른 곳으로 가지 않는 것을 한결같음이라 한다.

- 군자는 경건으로써 안을 곧게 하고 의리로써 밖을 반듯하 게 한다. 경건과 의리가 확립되면 덕이 고립되지 않는다.

- 사랑에 빠진 사람은 밝지 못하고 탐욕이 많은 사람은 만 족할 줄 모른다. 이것이 곧 치우침이 해가 되며 집안이 가 지런해지지 못하는 까닭이다.

- 자신을 수양함으로부터 나라를 다스림에 이르기까지 지.인.용 세 가지 덕 가운데 하나라도 빠져서는 안 된다. 지로써 이것을 알고 인으로써 이것을 행하며 용으로써 이것을 결단하는 것이니 힘쓰지 않을 수 없다.

- 유능하면서도 무능한 사람에게 묻고, 많이 알고 있으면서도 조금밖에 모르는 사람에게 물었다. 있어도 없는 것 같았고 꽉 차 있으면서도 텅 빈 것 같이 하였으며, 자기에게 잘못을 범해도 따지지 않았다.

- 일이 벌어진 뒤에는 바보도 영리해 지는 법이다.

- 군자는 자기의 뜻이 이루어짐을 즐거워하고, 소인은 자기의 일이 이루어짐을 즐거워한다.

- 큰 지혜를 가진 자는 겉으로 드러내지 않으므로 지혜롭지 않은 것처럼 보이고, 큰 꾀를 짜내는 자는 그것을 겉으로 드러내지 않으므로 아무것도 꾀하지 않는 것처럼 보이며, 큰 용기를 가진 자는 적과 싸우기 전에 적을 미리 약화 시키므로 용맹스럽지 않은 것처럼 보이고, 큰 이익을 꾀하는 자는 그것을 천하에 모든 사람에게 자기의 이익을 나눠주므로 자신이 이롭지 않은 것처럼 보입니다.

- 천하를 이롭게 하는 자는 천하가 길을 열어주고, 천하를 해롭게 하는 자는 천하가 그를 가로 막습니다.
- 부드러움이 딱딱함을 이기고 약한 것이 강한 것을 이긴다.
- 부드러움은 다른 사람을 받아들이는 인덕이며, 딱딱함은 다른 사람을 해치는 죄악이다(재앙).
  약한 사람은 사람들이 아끼고 도와주지만, 강한 사람은 사람들이 공격하고 미워하여 공격하게 마련이다.
- 봄에는 새로 나온 채소를 먹고, 가을에는 잘 익은 과실을 먹으며, 여름에는 서늘한 곳에서 살고, 겨울에는 따뜻한 곳에 머무니, 위대한 현인의 덕은 오래가는 것이다.
- 노여움을 절제하는 데는 음악만 한 것이 없고, 즐거움을 절제하는 데에는 예만한 것이 없다.
- 마음속에 또 마음이 있다. 뜻이 언어보다 앞서고, 뜻이 있은 뒤에야(마음이) 드러나고, (마음이)드러난 뒤에야 생각하고, 생각한 뒤에야 안다.
- 도란 마음을 닦는 행위를 바르게 하는 것이다.
- 배부르면 즐겁게 움직이고 굶주리면 생각을 쉬고 늙으면 생각을 아껴야 한다.

- 명예는 헛되이 나오지 않고, 우환은 까닭 없이 홀로 생기지 않고, 복은 집을 가리지 않고, 재앙은 특정한 사람만 찾아다니지 않는다.
  자기의 견문으로 잘 살필 수 있으면, 일은 반드시 분명해질 것이다.
- 성인은 할 말을 고른 뒤 말하고, 행할 일을 고른 뒤 시행한다.
- 아침부터 자기의 할 일을 잊으면 결국 저녁에 그 공을 잃어버린다.
- 누가 천금으로 한가함을 살 수 있겠소.
- 하늘이 나쁜 사람을 놓아두는 것은 그에게 복을 주려는 것이 아니라 그 흉악함이 더 심해지기를 기다려 벌을 내리려는 것이다.
- 이익을 보면 도의를 생각하고, 위태로움을 보면 목숨을 바칠 줄 알고, 오래된 약속 일지라도 평소에 한말을 잊지 않고 실천할 수 있다면 그것도 인간 완성이라고 할 수 있다.

- 감히 궁전에서 항상 춤추고 방에서 즐겁게 노래하는 이가 있다면 이는 무당 바람이라고 한다. 감히 재물과 여색을 추구하고 언제나 놀이와 사냥을 일삼는 사람이 있다면 이는 방탕 바람이라고 한다.

  감히 성인의 말씀을 모욕하고 충성되고 곧음을 거스르며 늙은이와 덕 있는 이를 멀리하며 미련하고 유치한 사람들과 벗하는 이가 있다면 이는 어지러운 바람이라 부르는 것이다.

  세 가지 바람 중 한 가지라도 있으면 반드시 망할 것입니다. 세 바람과 열 허물 예로부터 경계한 바이다.

- 세상살이의 험난함은 산 때문도 아니고 물때문도 아니며, 오직 사람의 마음이 이리저리 뒤집혀지는 데 있다.

- 부와 귀는 하루아침이나 명예는 썩지 않는다네.

- 널리 사랑하는 것을 인이라 하고, 행하여 이치에 부합되는 것을 의리라 하며, 이를 따라 가야만 하는 것을 도라 하고, 자기에게 충족되어 있어 외부에 기대함이 없는 것을 덕이라 한다.

- 인과 의는 고정된 이름이요, 도와 덕은 공허한 자리이다. 그러므로 도에는 군자가 있고 소인이 있고 덕에는 길함이 있는가 하면 흉함이 있다.

- 옛날 천하에 밝은 덕을 밝히려고 하는 사람은 먼저 그 나라를 다스리고, 그 나라를 다스리려는 자는 먼저 그 집을 다스리고, 그 집을 다스리려는 자는 먼저 그 자신을 수양하고, 그 자신을 수양하려는 자는 먼저 그 마음을 바르게 하고, 그 마음을 바르게 하려는 자는 그 뜻을 성실히 한다고 하였다.

- 명을 듣고 분주히 뛰는 자는 이익을 좋아하는 사람이요. 자기를 곧게 세우고 도를 행하는 자는 의를 좋아하는 사람이다.

- 알지 못하는 것은 그 사람의 죄가 아니나, 알면서 따르지 않는 것은 미혹된 것이며, 옛 것을 좋아하여 새로운 것으로 나아가지 못하는 것은 약한 것이며, 알면서 그것을 일러주지 않는 것은 어질지 못한 것이며, 일러주어도 사실로 받아들이지 않는 것은 믿음이 없는 것이다.

- 호연지기란 몹시 크고 굳센 기운으로, 곧은 마음으로 잘 키워서 아무것에도 방해 받지 않게 하면, 하늘과 땅 사이에 가득 차게 된다. 즉 천도와 정의에 뿌리박은 공명정대한 기운을 말한다.

- 오로지 하늘만은 거짓을 용납하지 않는다. 지모로 왕과 공경을 속일 수 있지만 돼지나 물고기를 속일 순 없고, 힘으로 천하를 얻을 수 있지만 평범한 서민남녀의 마음을 얻을 수 없다.

- 공자의 말씀에 군자는 도를 배우면 사람을 사랑하고, 소인이 도를 배우면 부리기가 쉬워진다고 하였다.

- 명분이란 일을 드러내는 것이고, 말이란 명분을 인도하는 것이니, 그러므로 말은 명분을 바로 세운다고 한 것이다. 말이란 뜻을 다 표현하기에는 불충분하고 명분은 진정보다, 지나칠 수 없는 것이다.

- 어리석은 사람은 어떤 말에도 흥분하기 십상이다.

- 개들은 알아보지 못하는 것들을 향해 짖는다.

- "세 사람이 함께 길을 가면 반드시 스승이 있다." <공자>

- 너 자신을 알라.

- 무엇이든 지나치지 말라.

- 연습이 모든 것이다.

- 평정은 아름다운 것이다.

- 이득은 부끄러운 것이다.

- 쾌락은 사멸하지만, 덕이 불멸 한다.

- 검소하게 살다가 죽는 편이 욕심을 부리면서 생을 이어가
는 것보다 더 낫다.

- 내가 자진해서 약속한 것은 무엇이든 지켜라. 약속을 어
기는 것은 나쁘기 때문이다.

- 법은 옛 것을 사용하고, 음식은 신선한 것을 사용하라.

- 아무 일도 폭력으로 하지 말 것.

- 같은 신분의 사람과 결혼 할 것. 더 나은 신분의 사람과
결혼하면 주인을 얻는 것이지 가족을 얻는 것은 아닐 테
니까.

- 남을 비웃는 자에게 맞장구치지 말 것.
비웃음을 받는 사람에게 미움을 불러일으키고 말테니까.

- 고통을 낳는 쾌락은 피할 것.

- 부모보다 더 올바르게 말하지 말라.

- 성급하게 친구로 삼지 말라. 일단 친구로 삼은 자라면 성급하게 물리치지 말라.

- 너의 혀가 생각보다 앞서 달리게 하지 말라.

- 부모에게 아첨하는 일을 망설이지 말라.

- 젊을 때에는 좋은 행실을 갖추고, 노년에는 지혜를 갖춰라.

- 눈과 귀는 사람들에게 나쁜 증인이다. 말을 알아듣지 못하는 혼을 가진 한에서.

- 생각은 신성한 병이고, 시각은 사람을 속인다.

- 무식은 감추는 것이 더 좋다.

- 나쁜 짓을 하는 자를(못하도록) 막는 것은 훌륭하다.
  그러나 만약 막지 못한다면, 같이 나쁜 짓을 하지는 말라

- 수치스러운 행위들에 대한 후회는 삶을 구제해 준다.

- 참된 것을 말해야 하며, 말이 많아서는 안 된다.

- 잘못을 온화하게 참아주는 것은 관대함이다.

- 법과 통치자에게, 그리고 자신보다 더 지혜로운 사람에게 복종하는 것이 절도 있는 행동이다

- 훌륭한 사람은 하찮은 사람들이 책잡더라도 개의치 않는다.

- 바르게 분별하는 자들의 희망은 이루어질 수 있지만, 어리석은 자들의 희망은 그럴 수 없다.

- 잘 정돈된 성품을 가진 사람들이 삶도 짜임새 있게 꾸려 간다.

- 믿을 만한 사람과 믿을 만하지 않은 사람은 행하는 일들을 통해서 뿐만 아니라, 원하는 것들을 통해서도 판별될 수 있다.

- 이롭지 않다면 어떤 쾌락도 받아들이지 마라.

- 자기 자신의 나쁜 것들을 망각하는 것은 뻔뻔함을 낳는다.

- 모든 쾌락을 선택할 것이 아니라 아름다운 것에 대한 쾌락을 선택해야 한다.

- 아버지의 절제가 아이들에게는 가장 큰 가르침이다.

- 절제는 즐거운 일들을 늘려주고 쾌락을 한층 더 크게 만들어 준다.

- 낮잠은 몸에 탈이 났거나, 혼에 괴로움이 있거나, 혼이 게으르거나 배우지 못했음을 나타낸다.
- 적을 이기는 사람만이 용감한 것이 아니고 쾌락을 이기는 자도 용감한 사람이다.

  어떤 사람은 나라에서 주인 노릇을 하지만, 여자에게 종 노릇을 한다.
- 침착한 지혜는 모든 것에 맞먹는 가치를 지닌다.
- 축제가 없는 삶이란 쉴 곳이 없는 긴 행로이다.
- 그대는 혼자 있을 때라도 나쁜 것을 말하지도 행하지도 말아라.

  다른 사람들 앞에서 보다 오히려 자신 앞에서 부끄러워할 줄 알아라.
- 정의는 해야 할 일을 하는 것이고, 불의는 해야 할 일을 하지 않고 제쳐두는 것이다.
- 사람은 잘 된 일보다 잘못된 일을 더 많이 기억한다.
- 몸에 질병이 생기듯이, 가정과 삶의 질병이 생긴다.

- 젊음의 장점은 힘과 아름다운 모습이지만, 노년의 꽃은 절제이다.
- 만승지국의 임금은 신하들에게 통제를 받지 않으며, 십승지가의 주인은 중인에게 간섭받지 않는다. 또는 필부 도보의 선비 일지라도 그의 처첩에게 눌려 살지는 않는다.
- 행동을 살펴보고 친구를 사귀는 자는 이름을 세울 선비인 것이다.
- 훌륭한 사람이 되려면 교만함과 욕심을 버려야 하며, 잘난체하거나 뽐내지 말아야 하며, 쾌락을 멀리하여야 한다.
- 도가 같지 않으면 함께 일하지 않는다.
- 소박함을 드러내고 순박함을 간직할 것을 주장하고 있다.
- 도를 지키는 사람은 언제나 가득 채우려 하지 않는다. (비움)
- 일삼아 하려고 하면 실패하고 붙잡으려 하면 잃는다.
- 아는 자는 말하지 않고. 말하는 자는 알지 못한다.
- 귀가 밝은 것은 총이라 하고, 눈이 밝은 것은 명이라 한다.
- 덕을 품음이 두터운 사람은 갓난 아이에 비유된다.

  뼈가 약하고 부드러워도 붙잡음이 단단하다.

남녀 사이에 교합을 알지 못해도 남근이 발기하는 것은 정기가 꽉 차있기 때문이다.

- 덕의 뜻, 즉 곧게 곧바로 발휘되는 마음(곧은 마음)을 의미한다. 즉 인간의 곧음. 솔직 정직한 마음. 덕이 있는 자는 외롭지 않다. 반드시 더불어 줄 이웃이 있다 라는 덕의 이해가 가능하고, 복덕합일이다.

- 일부러 강해짐은 도가 아닌 것이라서 곧 쇠퇴하게 마련이다. 예컨대 값비싼 보약이나 자양 강장제를 마구 투입하여 억지로 신체를 강하게 한들 그것을 오래 부지할 수가 없다. 자연이 아니기 때문이다.

- 몸을 닦는 사람은 마땅히 정기를 아끼고 제멋대로 함부로 하지 않아야 한다.

- 높은 경지의 사람은 도를 들으면 힘써서 잘 능히 그 핵심을 행한다. 중간 경지의 사람은 도를 들으면 들은 듯 만 듯 긴가 민가 한다. 낮은 경지의 사람은 도를 들으면 크게 웃어 버리고 만다. 크게 웃어 버리지 않으면 도라고 하기에 부족하다.

- 이 때문에 다음과 같은 격언.

    1. 밝은 길은 어두운 것 같고.

    2. 평평한 길은 울퉁불퉁한 것 같고

    3. 앞으로 나아가는 길은 뒤로 물러나는 것 같고,

    4. 훌륭한 덕은 골짜기와 같고,

    5. 대단히 흰 것은 때묻은 것 같고,

    6. 넓은 덕은 부족한 것 같고

    7. 건실한 덕은 대충대충 하는 것 같고.

    8. 질박한 것은 더러워진 것 같고.

    9. 큰 네모는 모서리가 없는 것 같고.

    10. 큰 그릇은 늦게 이루어지는 것 같고.

    11. 큰 조화된 소리에는 하나의 개별음은 들을 수 없는 것 같고.

    12. 큰 형상은 모양이 없는 것 같다.

- 도는 성대하지만 이름이 없다. 대저 오직 도만이 만물을 잘 시작하게 하고, 또한 잘 완성해 준다.

- 아침에 도를 들으면 저녁에 죽어도 좋다.

- 문(감각 욕망의 기관)을 닫고, 구멍(소통로)을 막으면 죽을 때까지 억지로 힘들이지 않을 것이다. 구멍을 열게 되면 그 일을 쫓아 끝내 이루려고 하기에 죽을 때까지 도로 되돌아오지 못한다.

- 크게 담은 것은 비운 것과 같다. 그 쓰임은 다하지 않는다. 크게 찬 것은 텅 빈 것과 같고 그 쓰임은 곤궁함이 없다. 큰 기교는 졸렬한 것 같고, 완성된 것은 실패한 것 같고, 크게 곧은 것은 굽은 것 같고, 뜨거움은 차가움을 이기고, 고요함은 열을 이기니 맑고 고요한 것이 천하의 올바른 기준이 된다.

- 잘 심은 것 도는 뽑히지 아니하고, 잘 간직한 것 도는 빼앗기지 아니한다.

- 인이란 > 사람을 사랑하는 것이다.

  지란 > 사람을 아는 것이다.

- 겉치레 말은 허황되고, 마음속에서 나오는 말은 진실 되며, 듣기 괴로운 말은 약이 되고, 달콤한 말은 독이 된다.

- 시작이 없는 것은 없으나 끝이 좋기란 드문 일이다.

여우가 물을 건너가려면 조리를 적시기 마련이다. 이 말은 시작은 쉽지만 끝맺음은 어렵다는 것을 뜻합니다.

- 충성스러운 신하는 두 임금을 섬기지 않고, 정조 있는 여자는 두 남편을 섬기지 않는다.

- 작은 예절에 얽매이는 사람은 영화로운 이름을 이룰 수 없고, 작은 치욕을 마다하는 사람은 큰 공을 세울 수 없다.

- 젊을 때부터 흰머리가 되도록 사귀었으면서도 새로 사귄 듯한 이가 있는가 하면, 길에서 우연히 만나 잠깐 이야기하고도 옛날부터 사귄 것 같은 사람이 있다.

  상대방의 마음을 아느냐 모르느냐의 차이다.

- 의관을 바르게 하고 조정에 들어온 사람은 이익을 위해 의로움을 더럽히지 않으며, 명예를 갈고닦는 사람은 욕심 때문에 행실을 그르치지 않는다.

- 새로 머리를 감은 사람은 반드시 관의 먼지를 털어 쓰고, 새로 목욕을 한 사람은 반드시 옷의 티끌을 털어서 입는다.

- 통달한 사람은 넓게 보고 무슨 물건이건 한결같이 보네 탐욕스러운 사람은 재물을 위하여 죽고, 열사는 이름을

위하여 목숨을 바치는 법, 권세를 뽐내는 자는 권세 때문에 죽고, 평범한 사람은 삶에만 매달리지, 이익에 유혹되고 가난에 쫓기는 무리는 이리저리 바삐 뛰어다니네. 성인은 사물에 굽히지 않고 수많은 변화를 만나도 한결같다네. 지극한 덕을 지닌 사람은 만물을 버리고 홀로 도와 함께 하누나.

많은 사람 미혹에 빠져 좋아하고 미워하는 것 가슴속에 쌓지만 진실된 사람은 단박하고 적막해서 홀로 도와 더불어 산다.

- 자애로운 어머니에게는 집안을 망치는 자식이 있지만 엄격한 가정에는 거스르는 종이 없다.

- 고칠 수 없는 여섯 가지 병이 있다.

  1. 교만하고 방자하여 병의 원리를 논하지 않는 것이 첫 번째 불치병이고,

  2. 몸을 가벼이 여기고 재물이 아까워 병을 치료하지 않는 것이 두 번째 불치병이며,

  3. 입고 먹는 것을 절제하지 못하는 것이 세 번째 불치병이고,

4. 음과 양이 함께 있어 오장의 기가 불안정한 것이 네 번째 불치병이다.

5. 몸이 극도로 허약하여 약을 먹을 수 없는 것이 다섯 번째 불치병이고,

6. 무당의 말만 믿고 의사를 믿지 않는 것이 여섯 번째 불치병이다.

- 곡기 음식을 잘 먹는 자는 죽을 날짜를 늘리고, 곡기를 잘 먹지 못하는 자는 죽을 날짜를 단축시킨다.

- 기라는 것은 음식을 조절하고 쾌청한 날을 골라 밖으로 나가 수레를 타거나 걸으면서 뼈와 혈맥을 시원하게 하여 발산 시켜야 한다.

- 변하지 않는 다섯 가지 도. 군신. 부자. 형제. 부부. 장유의 순서 천하의 변하지 않는 도입니다.

- 변하지 않는 세 가지 덕. 지. 인. 용. 천하에 변하지 않는 덕으로 그것을 실행하게 하는 방법입니다.

  실행에 힘쓰는 것이 인에 가깝고, 묻기를 좋아하는 것은 지에 가까우며, 부끄러움을 아는 것은 용에 가깝다.

- 이 세 가지를 알면 스스로를 다스릴 줄 알게 되고, 스스로 자신을 다스릴 줄 안 뒤라야 남을 다스릴 줄 알게 된다.

- 귀가 밝은 사람은 소리 없는 소리를 듣고, 눈이 밝은 사람은 형상이 없는 형상을 본다.

- 혼인은 가족을 형성하는 가장 큰 윤리이다.

- 상덕은 덕을 의식하지 않으므로 덕을 지니게 되고, 하덕은 덕을 잃지 않으려 하므로 덕을 지니지 못한다.

  법령이 늘수록 도둑이 많아진다.

- 사람이 아름다운 명예로 얼굴을 삼으면 어찌 다함이 있겠는가라고 했다.

- 인간의 행동을 절도 있게 하고, 인간의 마음을 조화롭게 하며, 사실을 말하고, 감정을 표현할 수 있게 하며, 천지의 기묘한 변화를 알 수 있게 해주고, 간단하지만 심오한 말로 큰 뜻을 이야기하는 것을 알 수 있게 한다.

- 술이 극도에 이르면 어지럽고 즐거움이 극도에 이르면 슬퍼진다.

- 어진이의 행동은 도를 바르게 실천하여 바르게 충고하고,

세 차례 충고해도 듣지 않으면 물러난다.

남이 칭찬할 때에는 보답을 바라지 않고, 남을 미워할 때에는 원망을 돌아보지 않으며, 나라에 편리하고 모든 사람에게 이익이 되도록 하는 것을 임무로 삼는다.

- 도란 높을수록 더욱 편하지만 권세는 높을수록 더욱 위태롭다.

- 그 땅이 아니면 심어도 나지 않고, 그 뜻이 아니면 가르쳐도 소용이 없다.

- 예란 일이 아직 생기기 전에 막는 것이며, 법은 이미 생겨난 뒤에 실시하는 것입니다. 법의 효과는 눈에 잘 보이지만 예가 미리 막을 수 있다는 것은 알기 어렵다.

- 청렴함. 신중함. 근면함 중에 신중함이 먼저이다.

- 성인. 현인과 범인과의 거리는 실로 가까운 것이다.

- 본디 무는 실로 만물의 근원이며 성인도 감히 미치지 못했는데 노자가 늘 무를 말했던 것은 왜 일까?

- 덕은 외롭지 않다. 반드시 이웃이 있다.

- 아주 굳은 물건은 갈아도 닳지 않으며 매우 새하얀 것은 물을 들여도 검어지지 않는 것, 군자는 혼란한 탁류 속에서도 그 몸을 더럽히지 않는다는 의미이다.

- 성인이 아닌 이상 과오가 없을 수 없다고 한다.

- 훌륭한 사람은 과묵한 것이지 특별하게 말을 골라서 하는 게 아니다.

- 마음속에 품고 있거늘 어찌 하룬들 그대 잊으리.

- 몸을 움직이면 추위를 이기고 가만히 있으면 더위를 이긴다.

- 옥이 산에 있으면 나무에 윤택이 나고, 연못이 구슬을 생산하면 가장 자리가 마르지 않는다.

- 그 정이함만 보고 그 조잡함은 잊어버리며, 그 내재적인 것만 보고 그 외향적인 것을 잊어버리며, 보아야 할 것만 살피고 살피지 않아도 되는 것은 말 그 자체 보다는 귀한 것을 꿰뚫어 보는 것입니다.

- 술이란 녀석은 가장 사려 깊은 사람도 노래하고 상냥하게 웃도록 부추기는가 하면 춤추도록 일으켜 세우기도 하고 말하지 않는 게 더 좋은 말도 내뱉게 한다오.

- 문제가 적당한 것인가 하는 점을 개의치 않고 오직 듣는 사람에게 자기주장을 확신 시키고자 애를 쓰네.
- 내가 말쑥하게 차려입은 것은 잘생긴 사람을 찾아 갈 때에는 이쪽도 가장 멋지게 보여야 한다고 생각하기 때문이다.
- 자제력은 쾌락과 욕망보다 우월하다.
- 약속한 것은 나의 혀이고 나의 마음은 아니다.
- 인간의 사랑의 유일한 대상은 선한 것 입니다.
- 한 사람의 의사가 무수한 사람보다는 낫다.
- 위험과 공포에 단호하게 직면하는 정신적 도덕적 힘이 용기다.
- 소크라테스는 인간이 행복해지기 위해서는 이성을 잘 가꾸어야 한다고 한다.
- 선을 행하고 덕을 닦기 위해서는 먼저 선이 무엇이며 악이 무엇인가를 알아야 한다.
- 알지 못하고 하는 행위는 비록 그것이 선한 행위라 하더라도 덕이 될 수 없고, 선이 무엇인가를 분명히 안 다음에 이를 몸에 익힐 때 비로소 덕이 생긴다.

- 지성이 용기다.
- 아리스토텔레스는 비겁과 만용의 중용이 용기라고 했다.
- 주체적 결단은 용기의 원천이다.
- 용기는 행위에 나타나는 것이며 결단은 행위를 통해 구현된다.
- 부모에게 자식이 건강하게 사는 것이 가장 큰 효도다.
- 마땅히 해야 할 일을 보고도 하지 않는 것은 용기가 없는 것이다.
- 진실로 인에 뜻을 두면 악한 일을 하지 않을 것이다.
- 선비로서 도에 뜻을 두고도 나쁜 옷과 나쁜 음식을 부끄러워한다면 더불어 논의할 상대가 못 된다.
- 군자는 천하에서 반드시 그래야만 한다는 것도 없고, 절대로 안 된다는 것도 없으며 오직 의로움만 따를 뿐이다.
- 어진이를 보면 그와 같아질 것을 생각하고, 어질지 못한 이를 보면 자신 또한 그렇지 않은지를 반성한다.
- 군자는 말에 대해 모자라는 듯이 하려하고, 행동에 대해서는 민첩 하려고 한다.

- 사람의 삶은 정직해야 한다. 정직하지 않은 삶은 요행히 화나 면하는 것이다.

- 지혜로운 사람은 물을 좋아하고 인한 사람은 산을 좋아하며, 지혜로운 사람은 동적이고 인한 사람은 정적이며 지혜로운 사람은 즐겁게 살고 인한 사람은 장수한다.

- 사치스럽게 하다보면 공손함을 잃게 되고, 검소하게 하다보면 고루하게 되지만, 공손함을 잃기보다는 차라리 고루한 것이 낫다.

- 군자는 평온하고 너그럽지만, 소인은 늘 근심에 싸여있다.

- 공손하면서도 예가 없으면 수고롭기만 하고, 신중하면서 예가 없으면 두려움을 갖게 되며, 용감하면서도 예가 없으면 질서를 어지럽히게 되고, 정직하면서도 예가 없으면 박절하게 된다.

  군자는 친족을 잘 돌봐주면 백성들 사이에서는 인한 기품이 일어나며, 옛 친구를 버리지 않으면 백성들이 각박해지지 않는다.

- 새가 죽으려 할 때면 그 울음소리가 슬퍼지고 사람이 죽으려 할 때면 그 말이 선해진다.

- 지혜로운 사람은 미혹되지 않고, 인한 사람은 근심하지 않으며, 용기 있는 사람은 두려워하지 않는다.

- 자기를 이겨내고 예로 돌아가는 것이 인이다. 예가 아니면 보지 말고, 예가 아니면 듣지 말고, 예가 아니면 말하지 말고, 예가 아니면 움직이지 마라.

- 군자는 학문으로 벗을 모으고, 벗을 통해서 인의 덕을 수양 한다.

- 군자는 고상한 데로 나아가고, 소인은 세속적인 데로 나아간다.

- 잘못이 있어도 고치지 않는 것, 이것이 바로 잘못이다.

- 인을 행할 상황에서는 스승에게도 양보하지 않는다.

- 말은 뜻을 표현하면 그만이다.

- 선한 것을 보면 마치 거기에 미치지 못할 듯이 열심히 노력하고, 선하지 않은 것을 보면 마치 끓는 물에 손을 넣은 듯이 재빨리 피해야 한다는데, 나는 그런 사람을

보았고 그런 말도 들었다. 숨어 삶으로써 자신의 뜻을 추구하고, 의로움을 실천함으로써 자신의 도를 달성해야 한다는데, 그런 말은 들었지만 그런 사람은 아직 보지 못하였다.

- 남의 나쁜 점을 떠들어대는 것을 미워하고, 낮은 지위에 있으면서 윗사람을 헐뜯는 것을 미워하며, 용기만 있고 예의가 없는 것을 미워하고, 과감하기만 하고 꽉 막힌 것을 미워한다.

  남의 생각을 도둑질해서 유식한 체하는 것을 미워하고, 불손한 것을 용감하다고 여기는 것을 미워하며, 남의 비밀을 들추어내면서 정직하다고 여기는 것을 미워한다.

- 군자는 세 가지 변화가 있다. 그를 멀리서 바라보면 위엄이 있고, 가까이서 대해보면 온화하며, 그의 말을 들어보면 옳고 그름이 분명하다.

- 노화란 건조의 과정이다.

- 누구에게 해를 입힌다는 것은 그 어떤 경우에도 올바른 것이 아니라는 것이 우리들에게 있어서 명백해 졌으니 말씀이오.

- 올바른 이는 훌륭하고 지혜롭되, 올바르지 못한 이는 무지하고 못된 것으로 판명되다.

- 올바름은 합심과 우애를 가져다준다.

- 올바르지 못한 이들은 아무것도 서로 어우러져 해낼 수가 없는 것으로 이제 밝혀졌소.

- 지혜롭고 용기 있으며 절제(절도)있고 올바른 것.

- 절제란 어쩌면 일종에 질서요, 어떤 쾌락과 욕망의 억제일 것이다. "저 자신을 이긴다." (저 자신 보다 더 강하다)

- 훌륭한(아름다운) 것들은 까다롭다(어렵다)는 속담.

- 다중한테는 즐거움(쾌락)이 좋은 것이라 생각되지만, 한결 세련된 사람들한테는 지혜(사려 분별)가 좋은 것이라 생각된다는 것도 틀림없이 알고 있네.

- 천한 사람은 풍족하게 살고 착한 사람은 가난하게 산다네. 그러나 우리가 가진 덕을 부자들의 금과 바꾸지 않으리. 덕은 누구도 빼앗아갈 수 없지만 재물은 이 손에서 저 손으로 떠도는 법.

- 아주 사소한 악행은 고치지 않아도 되고, 아주 작은 선행은 하지 않아도 된다고 생각하지 마라.
- 실제로 자기를 온전하게 하고 강산을 보존하는 것은 멸망의 원인을 멀리 피하는 것이다.
- 흰색 실은 일정한 색깔이 없고 물들여질 뿐이다.
- 어머니는 아들의 신분에 따라 존귀해진다.
- 현명한 사람과 군자는 깊이 계획하고 멀리 생각하여 그 허물을 경계하고 세속을 뛰어넘어 고상함을 받들고 신령스러운 거북이가 차라리 진흙 속에서 꼬리를 끌지언정 혼탁한 세상의 영예를 더럽게 여기는 것입니다.
- 너무 어리석은 사람은 변화시키지 못한다.
- 서리를 밟으면 단단한 얼음이 이른다.
- 인한 사람은 말하는 것을 조심한다.
- 옛 성인들이 의복을 겨울에는 가볍고 따뜻하게, 그리고 여름에는 가벼우면서도 시원하게 하였다.
- 나아갈 줄은 알지만 물러날 줄은 모르고, 생존은 알지만 사망은 모르며, 얻는 것은 알지만 잃는 것은 모른다.

- 나아감에는 물러남의 뜻이 포함되어 있고, 생존에는 멸망의 계기가 함유되어 있으며, 얻음에는 잃음의 이치가 포함되어 있습니다.
- 복과 재앙이 오는 것에는 일정한 기준이 없다. 이것은 스스로 초래하는 것이다.
- 일은 반드시 옛것을 따라야 한다.
- 옳은 일을 보고도 하지 않는 것은 용기가 없는 자다.
- 여덟 가지 정사 중에 먹는 걸 첫째로 쳤다네.
- 속담에 말하길, 자주 만나면 친구가 된다.
- 오고 가는 것이 예법.
- 물건은 새것이 좋아도 사람은 오래될수록 좋다.
- 인간은 법과 정의가 없으면 가장 사악하고 가장 위험한 동물이다.
- 재산의 사용에는 절제와 선심이라는 두 가지 탁월함이 요구되는 것이다.
- 생각. - 행동. - 습관. - 운명 좌우. <영국속담>
- 피로와 성욕은 사람의 타고난 약점이라고 말했다.

- 가장 좋은 식사법은 아침을 맛있게 먹으려면 야간 행군을 하고, 저녁을 맛있게 먹으려면 아침을 적게 먹으면 된다고 배웠다.

- 오직 자기 자신만을 위해 죽거나 사는 것은 참으로 부끄러운 일이오.

- 하늘은 말하지 않는 것을 귀하게 여기고, 성인은 말하지 않는 것을 덕으로 삼는다.

- 지극한 도는 꾸밈이 없다.

- 많은 일을 기억하면 정신을 해치게 되고,

  말을 많이 하면 원기가 상하게 됩니다.

- 군자는 다른 사람이 보지 않는 곳에서도 삼가며 신중하고, 다른 사람이 듣지 못할 때도 조심해야 한다.

- 어진 사람에게 재물이 많으면 그 의지를 해치고,

  어리석은 사람에게 재물이 많으면 허물을 만든다.

- 예란 감정을 겉으로 드러내는 방법이다.

- 재앙과 복은 인간의 행동이 선하냐 악하냐에 달려있다.

- 후회되는 일

  첫째 여자에게 비밀 얘기를 한 것.

  둘째 말을 타고 가야 할 곳을 배를 타고 갔던 일.

  셋째 하루 종일 아무 일도 하지 않고 지냈던 일.

- 검소한 생활에 만족할 줄 안다는 것은 필요 없는 물건을 탐내거나 그런 욕망을 아예 끊어버리는 데 있는 것이다.

- 남의 칭찬을 바라지 않는 사람은 항상 스스로를 칭찬하고 다니는 사람보다 더 훌륭한 사람일 것이다.

- 모욕당하는 것보다 더 사람을 화나게 하는 것은 없다.

- 분노야말로 맞서 싸우기에 까다로운 적수로다.

  분노는 목숨을 주고라도 원하는 것을 사니까.

- 정의는 가장 중요한 미덕이며 정의롭지 않은 용기는 아무런 필요가 없다.

- 엠페토클레스는 세상에 모든 사물은 서로 끌고 미는 성질이 있으며, 그 사이가 가까울수록 더욱 심해진다는 얘기를 했다.

- 정말로 부자가 되고 싶다면, 더 많이 가지려고 애쓸 것이 아니라, 자신의 욕심을 줄이기 위해 노력해야 한다. 욕심을 억누르지 않으면 절대로 부족과 불만을 면할 수 없는 법이다.

- 비겁함이나 나약함은 그 사람의 덕이 모자라고 정신이 누추한 데서 오는 것이지, 사람들이 흔히 생각하듯 사치나 재물 때문에 생겨나는 것은 아니라는 것이다.

- 마음속은 부드럽고 사사로움 없이 모두 서로 사랑하는 것, 이것이 어짊과 의로움의 진실한 모습입니다.

- 덕이란 조화를 이루는 것이며, 도란 이치에 맞는 것이다. 덕이 모든 것을 용납하는 것이 어짊이다. 도가 모두 이치에 들어맞는 것이 의로움이다. 의로움을 밝음으로써 사물과 친근하게 되는 것이 충실함이다. 속마음이 순수하고 충실하여 진실함으로 되돌아가는 것이 음악이다. 자기의 모습과 몸을 행하는 데로 맡겨 두어서 자연의 질서에 따르는 것이 예의이다.

- 도를 터득한 사람은 남이 알아주지 않으며, 위대한 사람에게는 자기가 없다.
- 사람은 자기 수양을 하여 남에게 뽐내거나 자기 용기를 남에게 보이려 들지 말고 '무위' 해야 한다.
- 지극한 예는 자기와 남을 구별두지 않고, 지극한 의로움은 자기와 물건을 구분하지 않고, 지극한 슬기는 꾀하는 슬기가 없고, 지극한 어짊은 각별히 친한 이가 없고, 지극한 신의는 금전이 개입되지 않는다.
- 세상일이나 물건에 끌려 자기 삶을 어지럽혀서는 안 된다는 것이다.
- 진실로 슬픈 사람은 소리를 내 울지 않아도 슬프게 느껴진다.

  진실로 노여운 사람은 성내지 않아도 위압이 느껴진다.

  진실로 친한 사람은 웃지 않아도 친밀하게 느껴진다.

  진실함이 속마음에 있는 사람은 정신이 밖으로 발동한다.
- 인심은 위태롭고 도심은 은미하니, 정밀하게 생각하고 한결같이 행동하라.

- 정의와 동떨어져 있는 지식은 지혜라기보다는 오히려 간교함이라 불리어야 할 뿐만 아니라, 위험에 대비하는 정신 자세도 공익에 근거한 것이 아니라 사욕에서 취해진 것이라면 용기라기보다는 오히려 뻔뻔스러움이란 이름이 붙여져야 한다.

- 지식 탐구. 공동체의 사회적 유대관계. 꿋꿋한 불굴의 정신. 자제하는 행동. 네 가지에서 나온다.

- 말을 많이 하는 것이 입을 굳게 다물어 신통치도 않은 사색만을 일삼는 것보다 낫다.

- 소크라테스. '영예에 이르는 가장 가까운 길, 말하자면 지름길이란 자기 자신이 남에게 어떻게 보여지기를 원하는지를 스스로 알아내어 그렇게 되도록 노력하는 것이다.'라고 하였다.

- 베풂에는 한계가 없다.

- 선행이 잘못 행해지면 악행이 된다.

- 다른 사람의 허물과 실수를 듣거든 부모의 이름을 들은 듯이 하여 귀로 들을지언정 입으로는 말하지 말 것이다.
  (과실을 듣는 법)

- 입에 맞는 음식도 많이 먹으면 마침내 병이 생긴다.

- 손님 접대는 풍성하게 하지 않을 수 없고, 살림살이는 검소하게 하지 않을 수 없다.

- 어리석은 사람은 아내를 두려워하고, 현명한 여자는 남편을 공경한다.

- 시집가고 장가들면서 재물을 논하는 것은 오랑캐의 도리다.

- 형제는 손발과 같고 부부는 의복과 같으니 의복이 해졌을 때는 새것으로 갈아입을 수 있지만 손발이 끊어진 곳은 잇기가 어렵다.

- 아버지는 아들의 덕을 말하지 말 것이며, 자식은 아버지의 허물을 말하지 않는다.

- 말이 이치에 맞지 않으면 말하지 않는 것만 못하다.

- 한 마디 말이 이치에 맞지 않으면 천 마디 말도 쓸모가 없다.

- 입과 혀는 재앙과 근심의 근본이며, 자신을 망치는 도끼다.

- 입은 사람을 상하게 하는 도끼요. 말은 혀를 베는 칼이니, 입을 막고 혀를 감추면 몸을 어디에 두나 편안하다.

- 술은 나를 아는 친구를 만나면 천 잔도 적고,

  말은 뜻이 맞지 않으면 한 마디도 많다.

- 정신을 바짝 차려 근검 절제하며 진지하고 단순하게 살아

  가는 것이 그 얼마나 도덕적으로 선한 것인가.

- 인생의 진로를 선택함에 있어서 가장 강한 힘을 발하는

  것은 적성이고, 그 다음에 작용하는 것은 운이다.

- 도덕적 선은 네 가지에서 나온다. 첫째는 지식 탐구, 둘째

  가 공동체의 사회적 유대 관계, 세 번째가 꿋꿋한 불굴의

  정신, 네 번째가 자제하는 행동에서 나온다.

- 도덕적으로 선한 것이 유익한 것이다.

- 인내는 욕망의 적이며, 욕망은 쾌락의 친구다.

- 안자와 같이 '예가 아니거든 보지 말고 듣지 말고 말하지

  말고 움직이지 말아야' 할 것이다.

  증자와 같이 몸을 움직일 때나 얼굴빛을 바르게 할 때나

  말을 할 때에 애써 노력해야만 의지할 바가 있고 힘쓰기

  가 쉬워질 것이다.

- 외모가 단정치 못하면 속마음도 변한다.

3

세일
처세

- 남이 나를 알아주지 않더라도 화내지 않으니 얼마나 군자다운가.

  어떤 어려움 속에서도 우리의 꿈을 버리지 않고 지켜 나갈 수 있는 우리는 군자다. <공자>

- 유능한 리더는 결국 나에게 불리한 상황을 어떻게 유리한 상황으로 전환시킬 것인가를 고민하고 해답을 찾아내는 사람이다.

- 리더의 능력에 대한 분석

  * 명석한 지혜

  * 병사들의 신뢰

  * 나눔의 인간애

  * 두려움 없는 용기

  * 엄격한 조직

- 진짜 능력 있는 사람은 자신의 능력을 감추고 보이지 않는다.

- 세상에 원칙은 없다. 세상에 맞는 변칙이 원칙이다.

- 명예롭게 죽는 것은 쉬운 일이다. 그러나 치욕을 견디고

미래를 준비하는 위대한 선택을 하는 것은 어려운 일이다. 중국에 위대한 역사학자와 정치가인 사마천과 등소평은 그 어려운 선택을 했던 사람들이다.

- 단순하게 빨리 끝내야 한다는 것은 들어 보았지만 기교를 부리며 오래 끌어야 한다는 것은 들어본 적이 없다.

- 졸속이란 재주 없다. 기교 없다. 빠르다.
  졸속 안에는 상상할 수 없는 아름다움이 있다.

- 능력을 감추고 바보인척 살기는 힘들다. 세상에 살아가는 처세술 중에 가장 힘든 것이 자신에 능력을 감추고 바보인척 살아가는 것이다.

- 현명한 사람이 움직이려고 할 때에는 어리석은 듯한 얼굴빛을 한다.

- 헤드헌팅의 여덟 가지 원칙

    1. 업무능력
    2. 위기관리 능력
    3. 충성도
    4. 인격

5. 청렴함

6. 정조

7. 용기

8. 술을 이기는 자세.

- 사람이 의심나고 못 미더우면 등용하여 쓰지 말고 일단 등용하였으면 의심하거나 회의하지 마라.

  일단 맡겼으면 어떤 간섭도 하지 마라.

- 평소에는 따뜻한 감성과 부드러움을 유지하되 때가 되면 날카롭고 차가운 이성으로 승부를 거는 인간형이 가장 바람직한 현대인의 모습이다.

- 어떤 평범한 개인도 조직에 세를 타면 전혀 다른 모습으로 다가온다.

  자리가 사람을 만든다는 말이 있다. 여기서 자리란 조직의 세가 뒷받침된 그 사람의 또 다른 능력을 말한다.

- 현대 사회에서 나의 의도를 숨기는 방법 중 가장 좋은 방법은 말을 줄이는 것이다. 다언은 상대방에게 내 의도를 판단하는 근거를 제공한다.

침묵은 나의 실체를 감춰주는 가장 좋은 방법이다.

- 말이 너무 많으면 자주 궁지에 몰린다. 사람을 만날 때 나의생각을 3%만 이야기하고 완전한 내 마음을 보여주지 마라.

  호랑이가 세 번 입을 벌리고 위협하는 것은 두렵지 않다. 다만 인간의 시시각각 바뀌는 두 마음이 더 무섭다.

- 한 우물을 파는 일은 이제 그만 두어야 한다. 도저히 물이 안 나올 우물이라면 일찌감치 포기하고 다른 우물을 파야 한다.

  한 우물을 파서 성공한 사람들의 이야기 중 한 사람에게 일어날 수 있는 전설일 뿐이다.

- 상황에 따라 조직의 이익에 기초하여 끊임없이 변화를 시도하라. 손자병법의 가르침 중 가장 압권이다.

  상황이 변하면 행동도 변해야 한다는 것이 손자병법의 중요한 테마이다.

- 인생을 살아가면서 미련 없이 후퇴하고 포기할 수 있는 것은 지혜로운 자들의 생존 방식이다.

- 이이제이, 적을 통해 적을 제압하라.

- 분산과 집중을 통하여 상황변화에 적절히 대처해야 한다. 속임에는 아름다움이 있다. 그것이 사기나 협작이 아니고 조직과 뭇 생명을 위한 인식일 때 더욱 아름답게 빛난다.

- 손자는 조직원의 숫자만큼 똑같이 나누는 것에 부정적 의견이다. 임무와 성과에 따라 저울질하여 나누는 것이 손자의 기본 생각이다.

- 나하고 싸우면 반드시 손해라는 생각이 들게 하라. 이것이 상대방을 굴복시키는 가장 좋은 방법이다.

- 성공을 하였다면 성공에서 멀어져라. 내 목표가 달성 되었다면 그곳에서 멀어져야 한다. 돈을 벌었으면 돈에서 멀어져라. 아무리 부자가 되었다고 해도 돈에서 헤어나질 못한다면 진정한 부자라고 할 수 없다.

- 장교들이 화를 내야만 움직이는 부대는 병사들이 게으르고 사기가 떨어져 있다는 뜻이다. 병사들의 신뢰와 마음을 얻은 장군은 소리가 힘차고 당당

하지만 조직의 마음을 못 얻은 리더는 말에 힘이 없고 느릴 수밖에 없다.

- 병졸이 아직 장군과 친숙해지지 않았는데 벌을 주면 병사들이 복종하지 않는다. 병졸이 이미 친숙해졌는데 벌을 엄하게 행하지 않으면 부릴 수 없다.

- 명령은 부드러운 말로 하고 통제는 힘으로 엄격히 하였을 때 반드시 승리하는 군대가 된다.

- 얻는 게 없으면 함부로 움직이지 마라. 이익이 없으면 움직이지 마라. 고수는 자주 싸우지 않는다.

  다만 한번 싸움에 임하면 반드시 이긴다.

- 지금 보잘것없는 지위에 있다고 속상해 하지마라.

  내가 어떤 지위를 감당할 만한 능력이나 재능을 갖추고 있는지부터 반성하라. <논어>

- 모든 일에 대해서 시시콜콜 설명해 주는 리더는 자신이 자상하다고 생각하지만 조직원들은 리더의 마음을 파악하고 깔보기 시작한다.

  때로는 침묵을 유지하여 호기심을 불러일으키는 강한 카리스마를 보이자.

- 일의 겉모습만 보고 판단하지 마라. 눈앞에 보이는 현상을 그대로 믿는 사람은 결코 유능한 사람이 아니다.

  경험에 의존하지 마라. 세상에 똑같은 상황이 반복되지 않는다.

  정보를 얻는 자는 승리할 것이다.

- 관대하면서도 근엄하고, 온유하면서도 주관이 뚜렷하고, 선량하면서도 공손하고, 일을 잘 처리하면서도 경건하고, 부드러우면서도 굳세고, 곧으면서도 따스하면, 간략하면서도 분명하고, 과단성 있으면서도 성실하고, 고집스러우면서도 의리에 맞아야 한다. (일에 종사하기 시작하면 9가지 덕행)

- 완전히 포기하지 않는 한 또 자신의 잘못을 남에게 돌리지 않는 한 당신은 결코 실패한 사람이 아니다.

- 특별한 결과를 얻기 위해서 특별한 일을 할 필요는 없다.

  <워렌버핏>

- 단순함이 때로는 복잡함을 이긴다.

- 어떤 장애물이든 고된 노력으로 극복할 수 있다.

- 어진 사람은 의리를 바로 잡을 줄만 알뿐 이익이 있고 없음은 논하지 않으며, 도리를 밝힐 줄만 알뿐 일에 성공하고 실패하는 것은 헤아리지 않는다.

- 우리는 정력을 아끼고 길러야 한다. 정력이 조금만 부족해도 느른해져서 일을 할 때도 억지로 하게 되고 성의가 없어진다.

  손님을 만나고 말을 하는데도 이런데 큰일을 만나서는 어떻겠는가?

- 간사한 것을 막으면 성실이 저절로 보존된다.

- 입으로 말하는 것은 몸으로 실행하는 것만 못하고,
  몸으로 실행하는 것은 마음을 다하는 것만 못하다.

- 시선이 상대방의 얼굴위로 올라가면 오만하고, 허리띠 아래로 내려가면 근심스러워 보이며, 곁눈질하면 간사하다.

- 귀와 눈에 노예가 되지 않아서 온갖 법도를 바르게 하라.

- 완악한 사람에게는 성을 내거나 미워하지 말고, 한사람에게서 모든 것을 다 갖추기를 바라지 말라.

- 반드시 참아야 일이 이루어지며, 받아들여야 덕이 커진다.

- 잘한 것은 남이 했다고 하고, 잘못한 것은 내가 했다고 하면 백성이 다투지 않는다. 그러므로 군자는 자기가 할 수 있는 것을 가지고 남을 헐뜯지 않으며 남이 하지 못하는 것을 가지고 그 사람을 부끄럽게 만들지 않는다.
- 작은 일을 참지 못하면 큰 계획을 어지럽힌다.

  어려운 일은 먼저하고, 얻는 것을 나중에 한다. <공자>
- 나무는 적당할 때에 잘라야 하고, 짐승은 적당할 때에 잡아야 한다. 아니면 효가 아니다.
- 오직 여자와 소인은 다루기 어렵다.

  가까이 하면 공손하지 못하고 멀리하면 원망 한다.
- 검소한 것은 공손한 덕이며, 사치는 커다란 악입니다.
- 개인적인 욕심이 넓고 크면 덕과 의리가 드물고 적어지며, 덕과 의리가 행해지지 않으면 가까이 있는 사람은 근심하고 떠나가고 있는 사람은 거부하여 어긋나게 된다.
- 한 집안이 어질면 온 나라에 어진 풍조가 일어나고 한 집안이 겸양하면 온 나라에 겸양하는 풍조가 일어난다.
- 사람이 하지 않는 것이 있어야 하는 일이 있을 수 있다.

- 스스로 스승을 얻을 수 있는 사람은 왕이 되고, 아무도 나만한 사람이 없다고 말하는 사람은 망한다. 묻기를 좋아하면 넉넉해지고 제 마음대로 하면 작아질 것이다.

- 윗사람이 경건하지 않으면 아랫사람이 게으르고, 윗사람이 신용이 없으면 아랫사람이 의혹을 품는다.
  아랫사람이 게으르고 의혹을 품으면 일이 이루어지지 않는다.

- 일을 신중하게 처리하여 믿음이 있게 한다는 것은 몸소 앞장서서 모범을 보이는 것이다.

- 정치를 하는 것은 사람을 얻는데 있다. 현명한 사람을 쓰지 않고서도 잘 다스릴 수 있는 사람은 있지 않았다.

- 군자는 같으면서도 다르게 한다.

- 듣기 좋은 말과 아름다운 얼굴빛에는 인이 드물다.

- 군자는 작은 것은 알 수 없어도 큰일은 맡을 수 있고, 소인은 큰일은 맡을 수 없어도 작은 것은 알 수 있다.

- 군자는 의리에 깨닫고 소인은 이익에 깨닫는다.

- 배우는 사람은 의리와 이익을 분별하는 것 보다 먼저 할 것이 없다.

- 군자는 조화를 이루지만 동화되지 않으며

  소인은 동화 되지만 조화를 이루지 않는다.

- 군자는 두루 사귀되 편을 짓지 않고,

  소인은 편을 짓되 두루 사귀지 않는다.

- 현명한 사람을 보고도 들어 쓰지 못하고 들어 쓰더라도 먼저 쓰지 못하는 것은 태만한 것이다.

- 선하지 않은 사람을 보고도 물리치지 못하고 물리치더라도 멀리 물리치지 못하는 것은 잘못이다.

- 팔다리가 있어야 사람이며, 현명한 신하가 있어야 성인이다.

- 신하를 부릴 때에는 그가 충성을 다하지 못할까를 걱정하지 말고 자기가 예를 다하지 못할까를 걱정하며, 임금을 섬길 때에는 임금이 무례하게 대할까 걱정하지 말고 자기의 충성이 부족할까 걱정해야 한다.

- 한쪽 말만 듣는 데서 간사함이 생기고 한 사람에게 맡기는 데서 어지러움이 생긴다.

- 혼란이 처음 생기는 것은 불신의 실마리를 받아들이기 때문이요, 혼란이 또 생기는 것은 군자가 참소를 믿기 때문이다.

  군자가 참소를 듣고 화를 내면 혼란이 빨리 그칠 것이요, 군자가 좋은 말을 듣고 기뻐하면 혼란이 빨리 그칠 것이다.

- 남에게서 취하여 선한 일을 한다는 것은 남들이 선한 일을 하도록 돕는 것이다. 그러므로 군자에게는 남들이 선한 일을 하도록 돕는 것보다 큰 것이 없다.

- 큰일을 처리할 때에는 그 일을 아는 것이 먼저이고 결단은 그 다음 일이다.

- 한 가지 의롭지 않은 일을 하고 죄 없는 사람을 죽여서 온 세상을 얻더라도 그렇게 하지 않는다.

- 바꾸어야 한다는 말이 세 번 합하면 믿음이 있다.

- 일을 하는데 옛 가르침을 스승으로 삼지 않고도 오래 갈 수 있다는 말을 나는 듣지 못하였다.

- 상·벌을 공정하게 시행하는 것이 기강을 세우는 법이요.

- 훌륭한 의사는 사람이 여위고 살찐 것을 보지 않고 맥에 병이 있나 없나를 살피며, 온 세상을 잘 경영하는 사람은 세상이 편안하고 위태로운 것을 보지 않고 기강이 잡혀 있는가 어지러운가를 살핀다.

- 임금이 인심을 잃으면 외로운 사내에 불과하다.

  외로운 사내가 되면 어리석은 사람이라 해도 충분히 나를 이길 수 있다. 썩은 새끼는 끊어지기 쉬워 말을 몰 수 있는 것이 아니다.

  위태롭고 두렵기가 심한 것을 비유한 말이다.

- 내가 바라지 않는 것은 곧 남에게 베풀지 말라.

  자기를 사랑하는 마음으로 남을 사랑하면 인을 다하는 것이다.

- 백성이 바라는 것을 거두어주고 싫어하는 것을 베풀지 않는 것뿐이다.

- 편안하게 해주는 도리로 백성을 부리면 비록 수고하더라도 원망하지 않으며, 살리는 도리로 백성을 죽이면 비록 죽더라도 죽이는 사람을 원망하지 않는다.

- 정의가 이익을 이기면 치세가 되고, 이익이 정의를 이기면 난세가 된다.

- 재물을 모으면 백성이 흩어지고, 재물이 흩어지면 백성이 모인다.
  어질지 못한 사람은 몸을 망쳐서 재화를 늘린다.

- 먼저 부유하게 한 뒤에 교화하는 것이 사리의 당연한 추세다. 백성을 편안하게 한 다음이 교화를 밝힘이다.

- 덕으로써 이끌고 예로써 가지런하게 하면 백성은 부끄러움을 알고 또 선에 이르게 된다.

- 말을 알아듣는 방법은 반드시 그가 한 일을 가지고 살펴보면 말하는 사람이 감히 망령된 말을 하지 못한다.

- 언제나 대중의 시선에서 벗어나라.

- 부자가 존경받는 것은 낙타가 바늘구멍 들어가는 것보다 어렵다.

- 부자가 되려면 부자에게 점심을 사라.

- 빠른 정보는 부를 낳는다.

- 천을 사서 두개로 쪼개 팔아 이윤을 남기고, 거기서 번 돈으로 더 큰 천을 사서 더 많이 쪼개 팔라.

- 돈 보다 인간관계가 더 소중한 것임을 알게 하라.
- 군대는 포상이 없으면 움직이지 않는다.
- 처벌할 것을 처벌하지 않으면 간사함을 기르게 된다.
- 아무리 미워하던 사람이라도 공을 세우면 반드시 상을 내리고, 평소에 아끼던 사람이라도 죄를 지으면 꼭 처벌하였다.
- 포상은 공로에 알맞게 실행된다는 믿음이 가장 소중하고, 처벌은 예외 없이 반드시 실행된다는 것이 가장 중요하다. <신상필벌>
- 장교들에게 언제나 겸손하게 대해야지 교만하게 굴어서는 안 된다.

  장수는 필승의 신념을 가지고 기꺼이 움직여야지 다른 사람의 말을 듣고 이것저것 걱정하는 모습을 보여서는 안 된다.

  계략을 매우 깊이 생각하여 세우되 터럭만큼의 머뭇거림도 없이 과감하게 밀고 나가야 한다.
- 뛰어난 장수는 군대를 통솔할 때에는 자기의 마음을 미루어 헤아려 다스리며, 혜택을 주고 은혜를 베풀어서 다스린다.

- 군주가 현인을 구하려면 덕을 실천해야 하고, 성인을 모시려면 도리를 지켜야 한다.

- 몸으로 솔선수범을 보여 복종시킬 수 있으면 일을 탄탄하게 계획할 수 있고, 마음으로 기쁘게 하여 복종시킬 수 있으면 일을 잘 마무리 지을 수 있다.

- 내 마음을 미루어 남의 마음을 헤아리며 믿음을 얻는 것이 인덕의 길이다.

- 군주가 한 명의 착한 사람을 물리치면 뭇 착한 사람들이 모두 물러가 버리고, 한 명의 악한 자에게 상을 내리면 많은 악한 사람이 몰린다.

- 자기 뜻만 따라서 일을 처리하는 것은 옳지 않다.

- 싫어하고 미워하는 것이 있어도 성을 내서는 안 되고, 원망하는 것이 있어도 말해서는 안 되며, 하고자 하는 것이 있어도 함부로 다른 사람에게 계획을 드러내지 말아야 한다.

- 명령은 보물보다 소중하고, 사직이 친척보다 우선하고 법이 백성보다 소중하고, 위권이 작록 보다 귀하다.
  그러므로 권세는 남에게 주는 것이 아니다.

- 현명한 군주는 단독으로 처리할 바를 알아 근심되는 것을 대비한다.

- 현명한 군주는 자신 때문에 명령을 바꾸려 하지 않으니 명령이 군주보다 높기 때문이다. 현명한 군주는 소중한 보배 때문에 그 위엄을 나누지 않으니, 위엄이 보배보다 귀하기 때문이다.

- 재지가 비슷하면 다투고, 배 정도 차이 나면 진심으로 복종한다. 10배쯤 차이 나면 복종하여 따르고, 만 배쯤 차이 나면 동화된다.

- 윗사람이 그 도를 떠나면 아랫사람이 그 직분을 잃는다.

- 과실은 자기 생각만 고집하는데 있고, 죄는 멋대로 변화하는데 있다.

- 먼저 그 몸을 바르게 하면 명령을 내리지 않아도 행해지고, 그 몸을 바르게 하지 않으면 명령을 내려도 따르지 않는다.

- 무릇 쉬운 것이 앞에 오면 어려움이 뒤 따르고, 어려운 것이 앞에 오면 쉬운 것이 뒤따르니, 모든 일이 그러하다.

- 범과 표범은 심산유곡에 있어야 비로소 위엄을 떨칠 수 있다.

- 장수하거나 단명 하는 것, 가난하거나 부유한 것은 아무런 이유 없이 그렇게 되지 않는다.

- 군주가 덕이 있어 존경할 만 할 때 백성이 그 명을 받드는 것이다.

- 바람이 우는 다북쑥 소리같이 뿌리 없이 떠도는 뜬소문은 상관할 바 못 된다.

- 오직 마음에서 우러나오는 보이지 않는 덕행이나 음덕으로 멀리 있는 사람은 오게 하고 가까이 있는 사람은 친근하게 할 수 있다.

- 크게 꾀하는 사람이라야 원대한 일을 수행할 수 있다.

- 성인은 일을 할 때 구하기를, 먼저 의리를 판단하고, 일을 이룰 수 있는지 없는지 헤아린다.

- 현명한 군주가 일을 할 때는 성인의 지혜에 맡기고, 뭇 사람의 힘을 쓸 뿐 스스로 관여하지 않는다.

- 위아래 모든 사람이 화목하지 못하면 군주의 명령이 시행되지 않는다.

- 만사가 순리에 따라 자연스레 이루어지므로 아무도 의식하지 못하며, 공덕이 이루어져 백성에게 혜택을 주되 아무도 의식하지 못한다. 이렇듯 모든 공덕이나 행하는 바를 속에 숨기고 드러내 보이지 않는다.

- 오늘의 일을 잘 모르면 옛날을 비추어 보고, 미래의 일을 잘 알지 못하겠거든 과거를 살펴보아라.

- 신중하지 않은 결의는 굳게 맺었다 해도 반드시 풀리고 만다. 도의 운용은 신중함을 중시한다.

- 능력이 마땅하지 않은 사람과 일을 하지 마라.

- 불가능한 일을 강행하지 마라.

- 현명한 군주는 사람이 할 수 있는 한계를 헤아린 뒤 사람을 부린다.

- 겉으로만 좋아하는 벗은 아껴주지 않음과 같다. 겉으로만 친한 척하는 교제는 맺지 않는 것과 같고, 겉으로만 베푸는 은덕은 보답으로 돌아오지 않는다.

진실한 마음의 덕을 베푸는 군주에게는 사람이 몰려온다.

- 몹쓸 일을 하거나, 안될 일을 강행 하거나, 알지 못하는
  사람에게 말하는 것은 결국 고생스럽기만 하고 보람이 없다.
- 보지 않고도 친근히 하면 찾아갈만하다.
- 무릇 두 번 다시 할 수 없는 말이나 행동은 나라를
  다스리는 사람에게 가장 큰 금기다.
- 현명한 사람을 선택할 때, 말에 용기가 있는 사람은 군인
  자격으로, 말에 지혜가 있는 사람은 관리 자격으로 시험
  한다.
- 왕업을 이르는 군주는 시기를 잘 잡고,
  현명한 군주는 때에 따라 변화한다.
- 군주는 먼저 거두어들인 뒤에 베풀고, 먼저 물가를 높인
  뒤에 낮추고, 먼저 병사를 즐겁게 한 뒤에 격려 하여야 천
  하를 차지할 수 있다.
- 나라 다스림의 어려움은 현명한 사람을 알아보는 데에 있
  지 스스로 현명한 사람이 되는 데에 있지 않다.
- 할 일이 많으면 할 말도 많은 법이다.

- 시작 할 때는 결과가 다 보이는 것이 아니다.

- 올바름을 지키고 떳떳함을 행하는 것은 도라 하고 위기를 처해 변통 하는 것을 권이라 한다. 지혜로운 사람은 때에 순응하여 성공하고, 어리석은 사람은 이치를 거슬러 실패한다.

- 사람이 일 중에 자기 자신을 아는 것만큼 중요한 일은 없다.

- 훌륭한 인재를 공평히 등용하라.

- 가난하고 천함을 두려워하지 말고 부귀에 급급해 하지 말라.

- 천하에 근심되는 일은 누구보다 먼저 걱정하고, 즐겨야 할 것이 있다면 천하의 모든 사람이 즐기고 난 다음에야 즐긴다는 다짐으로 살아왔다.
  중용되면 나아가 도를 행하고 버림당하면 물러나 은거 한다는 원칙.

- 계책을 세우는 일은 실로 어려운 것이니, 걱정하고 생각한 것이 깊지 않은 것도 아니고 계획이 잘 짜이지 않은 것도 아니나, 다른 날 말썽이 일어나는 것은 흔히 지극히 깊고 잘 짜였던 데서 오는 것이다.

그러므로 일을 올바르게 하는 것보다 좋은 것은 없다.

바른 사람은 그 수법이 간단하고 완벽하지만, 재주를 부리는 사람은 하는 일은 많으나 졸렬하다.

바른 사람은 일을 두고 따로 계획하는 것이 없으니, 당연한 것을 행한다.

- 계책을 좋아하는 사람은 계책 때문에 실패하고,

  말하기를 좋아하는 사람은 말로 실패하게 되지만, 오직 올바른 도덕을 지키는 사람만은 무궁히 발전하는 것이다.

- 역경에 말하기를 길한 사람은 말이 적다.

- 정성이란 마음에서 생겨나서 몸으로 드러나고, 얼굴빛에 이르게 되는 것이다.

- 힘으로 사람을 복종시키려고 하는 자는 힘이 다하면 배반 당하게 되고, 재물로 사람을 부리려고 하는 자는 재물이 없어지면 사람들이 떠나게 마련이다.

- 특별히 스스로 훈련하고 기술을 연마한 이 사람들이 얼마나 존경스러운가? 연마를 하지 않고는 어떤 기술도 존재할 수 없다.

- 때때로 사람들은 정말로 잘 모르는 것을 잘 알고 있다고 믿고 그런 무지로 말미암아 자신들이 할 수 있는 것 이상으로 약속하는 버릇이 있다.

- 누구나 이미 이루어진 일을 변화 시키려는데 실망해서는 안 된다. <금언>

- 한 번 사기가 떨어진 병사들을 부활시키는 일보다는 젊은 신병들을 새로 편성하여 적절하게 명예심을 고취시키는 것이 훨씬 쉽다.

- 무릇 입에서 나와 소리가 되는 것은 모두 불편한 것이 있기 때문이다.

- 능력이 있는 사람은 실행하고 지혜로운 사람은 일을 계획한다고 하였다.

- 우리 보잘것없는 사람들은, 아침에 저녁 일도 올바로 계획하지 못하네, 때를 엿 보아 이익이나 뒤 쫓으니, 덕을 쌓을 겨를이 있겠는가?
요행이나 바라고, 씨 뿌리지 않고 거두려 한다.
군자가 아니라면 그 어찌 그 나라를 다스리겠는가?

- 한번 죽고 한번 삶에 사귀던 정을 알 수 있고, 한번 가난
  해졌다가 한번 부자가 됨에 사귀던 실태를 알 수 있고,
  한번 귀했다가 한번 천함에 사귀던 정이 드러나게 된다.

- 물건이란 반드시 먼저 썩은 뒤에야 벌레가 거기서 생기는
  것이고, 사람이란 반드시 먼저 의심을 하게 된 뒤에야 모
  함이 먹혀 들어갈 수 있다.

- 천하의 이치가 내 마음을 매우 상쾌하게 해주는 것은
  그 종말에 가서는 반드시 손상이 있다는 것이다.

- 물건이란 변화를 받아들이지 않으면 재목을 이루지 못하
  고, 사람은 어려움을 겪지 않으면 지혜가 밝아지지 않는
  법이다.

- 어린 아이도 귀염 받는 사람에게 돌아가는 법이니
  백성을 보살피는 도리를 잠시도 소홀히 할 수 없다.

- 옛말에 망하지 않는 나라가 없고 폐하지 않는 집이 없다.

- 자기 장점을 살려가면서 남의 장점도 겸하여 갖는 사람은
  이길 수 있으나 제 장점은 버리고 남의 장점만 사용하는
  사람은 약하기 마련이다.

- 강한 나라가 되는 데는 세 가지 중요한 조건이 있다.
- 그 첫째는 땅이 넓고 물자가 많아야 하고, 둘째는 사람들이 모두 화합하고, 셋째는 항상 본성을 지키고 장점을 잃지 말아야 하는 것이다.

  말하자면 땅의 이로움과 사람끼리의 화목과 본래의 성품을 보존하는 것이다.
- 패자에게 희망을 주어야만 정복자는 안전하다.
- 금방이라도 친구가 될 심산으로 야단쳐라.
- 불행할 때는 적들이 기뻐하지 않도록 몸을 숨겨라.
- 즐겨 듣는 자가 되고 말을 많이 하는 자가 되지 말 것.
- 부유하다고 으쓱대지 말고, 가난하다고 비굴해지지 말라.
- 심판하는 사람이 되지 말라. 심판하면 심판받는 사람과는 적이 될 것이다.
- 가치 있는 것들에 전념하라.
- 다스림을 받을 줄 안다면 다스릴 줄도 안다.
- 다른 사람에게 올바른 결산을 요구하려면 자신의 책임을 명백히 하라.

- 보지 않은 것은 무엇이든 말하지 말라.

- 알고서 침묵 하라.

- 보이는 것으로 보이지 않는 것들을 가늠하라.

- 친구들에게 좋은 일이 있을 때는 천천히 찾아가고 불행에 빠졌을 때는 빨리 찾아가라.

- 부끄러운 이득 보다는 차라리 손해를 택하라.

  손해는 한 번의 괴로움이지만, 부끄러운 이득은 늘 괴로운 것일 테니까.

- 해를 당했을 때는 화해하고, 모욕을 당했을 때는 복수하라.

- 겉모습에 멋 부리지 말고, 행함에서 멋있는 자가 되라.

- 집안에 안 좋은 일은 감춰라.

- 장차 하려는 일은 말하지 말라. 일이 안되면 비웃음을 받을 테니까.

- 불운한 자를 비난하지 말라. 그들에게는 신들이 벌을 내린 것일 테니까.

- 친구를 헐뜯지 말고 적을 칭찬하지 말라.

  그리하는 것은 가장 이치에 맞지 않으니까.

- 착해 빠지지도 말고 못돼먹지도 말라.

- 하고 있는 일에 마음을 써라.

- 듣고도 이해하지 못하므로 그들은 귀머거리 같다.

  "곁에 있음에도 떠나 있다."는 속담이 그들에 대해 증언한다.

- 가장 중요한 것들에 관해서 경솔하게 추측하지 마라.

- 보이지 않는 조화가 보이는 것보다 더 강하다.

- 훌륭한 사람이 되거나, 아니면 훌륭한 사람을 모방하거나
  해야 된다.

- 남의 실수보다 자신의 실수를 따지는 것이 더 낫다.

- 모든 사람을 신뢰할 것이 아니라, 믿을 만한 사람을 신뢰
  하라.

  전자는 어리석은 일이지만, 후자는 분별 있는 사람의 일
  이기 때문이다.

- 어리석은 자들에게는 다스리는 것보다 다스림을 받는 것
  이 더 낫다.

- 못된 자들을 모방하는 것은 곤란하지만, 훌륭한 자들을
  모방하려 하지 않는 것도 곤란하다.

- 남의 일로 분주하면서 자신의 일을 모르는 것은 부끄러운 일이다.

- 말로는 모든 것을 다하면서 실제로는 아무것도 하지 않는 사람들은 정직하지 못하며 겉보기만 훌륭하다.

- 모든 것을 말하면서 아무것도 들으려 하지 않는 것은 거만이다.

- 모든 사람에 대해서 의심을 품는 자가 되지 말고, 신중하며 흔들림 없는 자가 되라.

- 작은 호의도 때가 적절하면 받는 이들에게 지극히 큰 것이다.

- 이해 깊은 한 우정이 어리석은 모든 사람들의 우정보다 더 낫다.

- 쓸만한 친구가 하나도 없는 사람은 살 가치가 없는 사람이다.

- 친척들 모두가 친구는 아니고 유익한 것에 관해 같은 견해를 갖는 사람들이 친구다.

- 비난하기 좋아하는 사람들은 우정에 걸맞은 성품을 타고 난 사람이 아니다.

- 칭찬 받는 이유를 네가 알지 못한다면, 아첨 받고 있다고 생각하라.

- 그대는 모든 것에 무지한 자가 되지 않으려면 모든 것을 알려고 애쓰지 마라.

- 고귀한 말이 비천한 행위를 가려주지도 않고, 훌륭한 행위가 비방하는 말로 인해 해를 입지도 않는다.

- 같은 생각이 우애를 만든다.

- 칭찬하지 말아야 하는 것들을 칭찬하거나 비난하지 말아야 하는 것들을 비난하기는 쉽다. 그러나 둘 각각은 어떤 나쁜 성품에서 나온다.

- 분별의 역할은 앞으로 있게 될 불의에서 보호하는 것이다.

- 큰 즐거움은 훌륭한 일을 바라보는 데서 생긴다.

- 어리석은 사람은 운으로 얻은 이득에 의해서 형성되지만, 이런 사실을 아는 사람들은 지혜로 얻은 이득에 의해서 형성된다.

- 어리석은 사람들은 곁에 없는 것들을 원하고, 곁에 있는 것들이 떠나간 것들보다 더 이로운 데도 그것들을 소홀히 한다.

- 용기는 불운으로 인한 재앙을 줄여준다.

- 나쁜 이득을 바라는 것은 손실의 시작이다.

- 말을 많이 해서는 안 되고, 바른 말을 해야 한다.

- 안 쓰고 안 먹는 것이 물론 유익하다. 그러나 때에 맞춰 돈을 쓰는 것도 유익하며, 이것을 분별하는 것은 훌륭한 사람이 할 수 있는 일이다.

- 누구든 적정 한도를 벗어나면 그에게 가장 즐거운 것들이 가장 즐겁지 않게 될 것이다.

- 승부욕은 어리석은 것이다. 적에게 해가 되는 것만 주시하다보면 자신에게 이로운 것은 보지 못하는 법이니까

- 더 뛰어난 자와 겨루는 사람은 나쁜 평판으로 결말을 본다.

- 하찮은 사람들은 어려움에 처했을 때 맹세를, 어려움을 벗어나면 지키지 않는다.

- 두려움을 주는 것은 아첨을 만들어 내지만, 호의를 얻지 못한다.

- 과감함은 행위의 시작이다. 그러나 마무리는 주인의 운이다.

- 여자는 남자보다 나쁜 생각에 훨씬 더 민첩하다.

- 적정한 재산에 만족하는 사람은 운이 따르지만, 많은 재산에 만족하지 못하는 사람은 운이 따르지 않는다.

- 누구든 생각 할 수 있는 온갖 나쁜 것들이 지나친 분노로 말미암아 생긴다.

- 말은 행위의 그림자이다.

- 대신이 너무 중해지면 임금이 위험해지고, 좌우 신하를 너무 친압 하면 자신이 위험해지는 법이다.

- 깃털이 풍부하지 못한 새는 높이 날수가 없고, 법령이 완비되지 않으면 형벌을 마구 베풀 수 없는 것이며, 도덕이 돈독하지 못하면 백성을 부릴 수 없고, 정책·교책이 순하지 못하면 대신을 번거롭게 시킬 수 없다고 하였다.

- 빈궁할 때는 부모조차 자식이라 여기지 않더니 부귀해지자 먼 친척조차 모두 두려워하는구나, 그러니 사람의 세상살이에 어찌 권세와 부귀를 가벼이 볼 수 있으랴!

- 알지도 못하면서 말을 내뱉는 것은 지혜롭지 못한 것이요, 알면서 말해주지 않는 것은 성실하지 못한 것이다

  남의 신하가 되어 충성스럽지 못하면 사형에 처함이 마땅하고, 말을 잘 살펴서 하지 않는 것도 사형에 해당한다.

- 세상에 멸망하는 세 가지 경우, 자기 나라가 어려우면서 잘 다스려지는 나라를 공격하는 것, 사악한 것으로 바른 것을 치는 것, 그리고 역리로써 순리를 치는 것.

- 복첩이 그 마을을 벗어나지 않고 다시 사줄 사람이 있다는 것은 그 복첩이 훌륭하다는 뜻이요, 쫓겨난 여자가 같은 마을에 다시 시집갈 수 있을 정도라면 훌륭한 여자라고 하였다.

- 계획을 반복 생각하는 자는 그를 어그러뜨릴 수가 없다.

  남의 말을 들을 때 본말을 잃지 않는 자는 그를 미혹에 빠뜨리기가 어렵다.

- 덕을 세워 주는 데는 스스로 잘 자라게 해주는 것이 가장 잘하는 것이요, 해를 제거해 주는 데는 뿌리까지 뽑아 깨끗하게 해주는 것이 가장 잘하는 것이라 하였다.

- 나라를 잘 다스리는 왕은 안으로 견고한 위세를 세우고 밖으로 가중한 권위를 세운다.
- 나무에 열매가 지나치게 많으면 그 가지가 찢어지고, 그 가지가 찢어지면 그 목심이 상한다.

  봉토를 받는 자가 너무 커지면 그 나라가 위험해지고 신하가 너무 높아지면 임금이 낮아진다.
- 남이 품은 생각을 미루어 보면 알 수 있지, 잘 뛰는 토끼도 사냥개 만나면 잡히리라.
- 얇은 것도 쌓이면 두터워지고, 적은 것도 모이면 많아지는 법이다.
- 백리를 가는 사람은 90리를 가서 반 왔다고 여기라고 하였다. 이것은 마무리가 어려움을 말하는 것이다.
- 나라를 다스리는 자는 백성의 뜻을 따른다.
- 편안할 때는 위험을 생각하고 위험할 때는 어떻게 하면 편안한가를 생각하라. <춘추에서>
- 선비는 자기를 알아주는 자를 위해 목숨을 바치고, 여자는 자기를 기쁘게 해주는 자를 위해 화장을 한다고 했다.

- 세상의 사물이란 그 형세는 다르나 근심은 같은 것이 있고, 그 형세는 같으나 근심이 다른 경우가 있다.

- 병 하나를 들어 물을 기를 줄 아는 지혜 정도만 있어도 자기 물건은 잘 지켜 낼 줄 안다.

- 성인은 이유 없는 이익을 가장 큰 화근으로 여긴다.

- 의심하면서 일을 벌이면 공적이 없고, 의심 속에 행동하면 성공이 없다.

- 무릇 지덕을 논하는 자는 속인과 화합 하지 않으며, 대공을 이루려는 자는 군중의 의견에 개의치 않는다.

- 어리석은 자는 성사에 어둡고 지혜로운 자는 싹이 나기도 전에 안다고 하였다.

- 미친 자가 즐거워하는 것을 보고 슬기로운 자는 슬픔을 느끼고, 어리석은 자가 웃는 것을 보고 어진 자는 불쌍히 여긴다.

- 어려움을 극복하는 데에는 용기로써 해야 하고, 어지러움을 다스림에는 지혜로써 해야 한다.

- 사악함을 물리침에 의심을 가질 필요가 없고 어진 이를 임명함에 두 가지 마음을 가져서는 안 된다.

- 자신이 있는 자는 그 성공을 포기하지 않으며, 지혜로운 자는 때를 놓치지 않는다라 하였다.

- 무릇 귀한 자는 부를 기약하지 않더라도 부유함이 스스로 찾아오는 법이고, 부유한 자가 귀한 음식이나 고기를 원하지 않아도 그 귀한 음식이 저절로 이르는 법이다.

  마찬가지로 귀한 음식을 먹는 자가 교만과 사치를 기대하지 않아도 저절로 그 교만과 사치가 찾아와 결국 몸에 배는 것이고, 교만과 사치가 몸에 밴 자가 말하기를 기약하지 않아도 그 사망이 찾아드는 것이다.

  오랜 옛날 이전부터 이런 데에 걸려든 자가 수없이 많았다.

- 미워하는 자에 대하여 방비를 해야 함은 물론, 사랑하는 자에게 화가 숨어 있음도 유의하여야 한다.

- 장차 상대를 깨뜨리려면 잠시 그를 돕는 척해야 하고, 장차 그의 것을 탈취하려면 먼저 그에게 주어라.

- 능력을 살펴 관직을 주는 임금은 성공하는 임금이다.

- 성인은 자신을 위해 축적함이 없다. 모두 남의 것으로 여긴다. 그 때문에 자신은 더욱 소유하게 된다.

  또 이미 모두 남에게 주었기 때문에 자신이 갈수록 많아지는 것이다. <노자>

- 어리석은 자의 병폐란 바로 어리석지 않은 자를 어리석다고 여기는데 있다.

- 정교가 닦이지 않은 것. 상하가 화목하지 못한 것. 이러한 때에는 아무것도 믿어서는 안 된다. 혹 제후의 이웃 나라에게 우환이 있을 때에는 아무것도 믿어서는 안 된다.

  그런가하면 이익에 있어서의 변화와 화환이 가까이 있을 때에도 남을 믿어서는 안 된다.

- 일에는 알아서는 안 되는 일이 있고, 알지 않을 수 없는 일이 있고, 또 잊지 못할 일이 있고 잊어서는 안 되는 일이 있다.

- 버리느니 차라리 이를 지켜서 쓰는 것이 쉽고, 죽느니 차라리 포기 하는 것이 쉽다. 그런데 버리는 데에만 능하여

잘 지켜내지 못하고, 능히 죽을 줄은 알면서 버릴 줄 모르니 이것이 사람의 큰 과오이다.

- 귀한 자를 귀하게 여겨야 자신도 귀함을 받는다.

- 계책을 잘 세우는 자는 절대로 속사정을 잘 아는 자를 내세우지 않는 법이다.

- 무릇 밤에 다니는 자는 결코 어떤 나쁜 짓을 하지 않았음에도 개가 자신을 보고 짖는 것을 막을 수 없다.

- 어진 사람이 일을 처리할 때는 화를 돌려 복으로 만들고 패배를 원인으로 공을 이룬다고 하였다.

- 옛날 환공은 부인 하나를 쫓아 버림으로서 명성이 더욱 높아졌고, 한현은 죄를 얻고도 우정을 더욱 굳게 하였다.

- 명석한 군주란 자기의 과실을 듣기에는 힘쓰지만 자기를 칭찬하는 말은 듣기를 좋아하지 않는다.

- 무릇 남을 어떻게 해볼 마음도 없으면서 남에게 의심부테 받는 일은 위태로우며, 남을 어떻게 도모해 볼 마음이 있으면서 남이 이를 알게 하면 이는 졸렬한 것이며, 그 모책이 실행에 옮겨지기도 전에 밖으로 소문이 퍼지면 이는 위험한 것이다.

- 제왕은 스승과 함께 처하며, 왕자는 친우와 함께 처하며, 패자는 신하와 함께 처하며, 나라를 망칠 자는 역부들과 함께 처한다고 하였다.

- 몸을 굽혀 남을 모시고 북면하여 학문을 배우면 자기보다 1백배 나은 자가 찾아오는 법이다.

  먼저 달려 나와 일하고 나중에 쉬며, 먼저 묻되 나중에 아는 척하면 열배 나은 자가 찾아온다.

  남이 달려 나가 일할 때 나도 달려 나가 일하면 자기와 같은 자가 찾아온다.

  의자에 앉아 지팡이에 기대어 거드름이나 피우고 눈을 부라리면서 일만 시키면 그저 마구간 잡역부 정도나 찾아올 것이다.

  미워하고 분격하여 방자하고 핑계 대며 꾸짖기만 할 줄 아는 자에게는 노예들이나 겨우 찾아오는 것이다.

  이상은 예로부터, 도에 복종하여 선비를 모으는 방법이다.

- 지혜로운 자가 일을 처리할 때는 화를 바탕으로 복이 되도록 전환시키며 실패를 자료로 공을 이룬다.

- 명예나 안녕을 버리고 비천과 위협을 택하는 것은 지혜로운 자가 할 일이 아니다.
- 일을 잘 처리하는 자는 먼저 자기 나라의 크기를 따지고, 또 병력의 강약도 살펴보고 시작한다.

  그러나 일을 제대로 처리하지 못하는 자는 자기 국가의 대소도 헤아리지 않고, 더 나아가 병력의 강약도 살피지 않는다.
- 일의 처리는 권력 없이는 이루어지지 못하고 세력 없이 성공하지 못한다.
- 순리를 지켜 실패가 없도록 하며, 팔고도 손해가 없도록 해주는 것은 중매쟁이 뿐입니다.
- 큰일을 이룬 자. 그 누가 도망자 아닌 사람이 있을까.

  환공의 난 때 관중은 노나라에서 도망쳤고,

  양공의 난 때 공자는 위나라를 도망하였고,

  장의는 초나라에서 뛰쳐나왔다.

  큰일을 하는 자는 절대로 도망을 치욕으로 느끼지 않는다.

- 강한 것은 더욱 강하게 해주어야지 꺾을 수 있고, 넓은 놈은 더 넓게 해 주어야 이를 깎을 수 있다.

- 말이 지나치게 겸손하면서 예물만 많이 주는 나라는 천하를 잃는다고 하였고, 말이 거칠며 예물이 적은 나라는 천하를 얻는다고 하였다.

- 어진이는 사귐을 허투루 끊지 않으며, 지혜로운 자는 쉽게 원망을 살 일을 저지르지 않는다.

- 후덕한 자는 남을 훼방하는 것으로 자기 이익을 삼지 아니하며, 어진이는 남을 위기에 처하도록 하는 방법으로 자신의 명예를 세우려 들지 않는다.

- 논자는 의논을 할 때 남의 내심을 넘겨짚지 않으며,
  의자는 의론을 할 때 사물의 근본을 해치지 않으며,
  인자는 남과의 사귐을 가벼이 끊지 않으며,
  지자는 남의 공을 짧게 줄여 말하지 않는다.

- 같은 욕심을 가진 자는 서로 미워하고,
  같은 근심을 가진 자는 서로 친하게 지낸다.

- 옛날 군자는 친구와 절교할 때 그의 악담을 늘어 놓지 않으며, 충신이 물러설 때는 그 이름을 더럽히지 않는다.
- 남에게 무엇을 베풀 때는 양이 많고 적음에 있는 것이 아니고 그 곤액 할 때 베푸는 것이 중요하며, 남에게 원한을 살 때는 깊고 얕음에 있는 것이 아니라 그 마음을 상하게 하는데 있다.
- 훌륭한 장사꾼은 물건을 깊숙한 곳에 보관하기 때문에 물건이 없는 것처럼 보이며, 덕을 쌓은 군자의 태도도 겉보기에는 어수룩하게 보인다.
- 강과 바다가 수많은 골짜기를 거느리는 왕이 되는 까닭은 그가 능히 수많은 골짜기의 아래가 되기 때문이다.
- 죄는 욕심 부리는 것보다 더 무거운 것이 없다.
- 일을 이루어도 자랑하지 않으며, 일을 이루어도 뽐내지 않는다.
- 과이불강. 일을 이루되 강해지지 않음.
- 무력을 사용하는 일은 반드시 보복을 부르기 마련이라고 경고 한다.

- 일을 임하는 원칙은 일 마무리를 신중하게 하기를 처음과 같이 하는 것이다.
- 성인은 만물이 탄생하나 다스리지 아니하며, 성장하나 거기에 소유하려는 사심을 개입하여 기대지 아니하며, 완성되나 거기에 머무르지 않기에, 그가 군림한 지위는 그곳에서 영영 사라지지 않는다.
- 이름이 있고나서 삐걱거림이 있기에 항상 멈출 데서 뿌리를 두고 잘 멈추어야 한다. 성인이 이렇게 멈출 데를 알고 멈추기에 위험하지 않다.
- 미세한 것일 때 뒤를 쫓기 쉽다. 어떤 사태가 발생 하지 않았을 때 처리하고 아직 혼란해지지 않았을 때 다스려야 한다.
- 아름드리 나무도 자그마한 싹에서 자라나고, 높디높은 건물도 한 삼태기 흙에서 시작하고 수없이 먼 것도 한 발자국에서 시작한다.
- 군자는 기미를 보고 일을 신속하게 하니 날이 다 할 때까지 기다리지 아니한다.

- 이처럼 도를 체득한 통치자는 일을 하는 둥 마는 둥 무로써 처리해가지만 사소한 것에 목숨을 걸듯 신중하고 작은 것에 온 목숨을 걸듯 신경을 쓰는 법이다.
마치 도가 천하 만물에 관여하고 있듯이 말이다.
- 일삼음(일부러 일을 벌려서 무언가를 한다는 의식)이 없으면 천하를 얻는다.
- 정당함으로써 나라를 다스리고, 드러나지 않는 비법으로 군사를 움직이며 대저 하늘에 대해 금기시하는 것이 많으면 많을수록 백성들은 점점 더 가난해진다.
- 내가 함이 없으면, 백성이 스스로 하게 된다.
- 귀하고 부하다 해서 교만하면 스스로 허물을 남기는 것이다. 공을 이루었으면 몸을 물리치는 것이 하늘의 이치다.
- 노자는 사람들에게 무언가를 꽉 채워서는 안 되며, 비워야 오래 지속 할 수 있다고 한다. 채움 보다는 그만둠을, 교만 보다는 물러섬(겸손과 양보)을 말한다.
- 그래야만 가질 수 있고 또 앞설 수 있다고 한다.

- 나에게 몸이 없다면, 혹시라도 무엇을 근심하겠는가.

  그러므로 몸을 돌보기를 천하를 다스리기보다 소중히 여기면, 천하를 맡길 수 있다.

- 말귀를 알아듣지 못하고 말귀가 어두우면 사람을 알지 못한다.

- 믿음이 부족하면, 곧 믿어지지 않음이 있게 된다.

  유연히 법령,명령 등과 같은 말을 백성들에게 자주 발설하지 않고 잊게 되면 일을 이루고 공을 이룩한다.

* 백성들이 통치자가 있다는 것을 의식하지 못하는 지도자야말로 가장 이상적인 지도자라 할 수 있다.

* 이보다 한 단계 못한 것은 백성들에게 경애를 받는 지도자이고,

* 더욱 못한 것은 백성들에게 공포감을 갖게 하는 지도자이며,

* 가장 못한 것은 백성들이 그를 바보로 여기는 지도자이다.

- 노자는 통치자의 유형을 네 가지로 나누었다.

- 일부러 일을 만드는 자는 실패하고, 잡고 있으려는 자는 잃어버리고 만다.

성인은 일삼아 힘이 없다. 그러므로 실패함이 없다.

- 끝마침에 대해 신중하기를 시작함과 같이하면, 실패하는 일이 없을 것이다. 사람이 패하는 것은, 항상 그 바로 이루려고 함에서 패하게 되는 것이다.

- 같은 종류의 빛은 서로 비추어 주고, 같은 종류의 물건은 서로 어울린다.

- 군자는 자기를 알아주지 않는 자에게는 자신의 뜻을 굽히지만 자기를 알아주는 자에게는 자신의 뜻을 드러낸다고 한다.

- 유세의 어려움은 군주라는 상대방의 마음을 잘 파악하여 내 주장을 그 마음에 꼭 들어맞게 하는데 있다.

- 대체로 일이란 은밀히 함으로써 이루어지고 말이 새어 나가면 실패한다.

- 승리를 쫓아 백리 밖까지 급히 달려가는 군대는 상장군을 잃게 되고, 승리를 쫓아 오십 리 밖까지 급히 달려가는 군대는 겨우 절반만 목적지에 이른다.

- 실천을 잘하는 사람이 꼭 말을 잘하는 것은 아니며, 말을 잘 하는 사람이 반드시 실천을 잘 하는 것은 아니다.

- 문 밖에 나서서는 귀중한 손님을 대접하듯이 하고, 백성을 부릴 때는 큰 제사를 받들듯이 신중하게 하라. 사람의 성격에 따라 조언도 달라야 한다.

- 많이 듣고 그중에서 의심나는 것을 버리고 그 나머지를 신중하게 말하면 실수가 적을 것이다. 많이 보고 그중에서 의심나는 것을 버리고 그 나머지를 신중히 실행 한다면 뉘우치는 일이 적을 것이다.

- 자격이 없는 자가 그 지위에 있는 것의 지위를 탐낸다고 하고, 자기가 누릴 명성이 아닌데 그 명성을 누리는 것을 이름을 탐한다고 한다.

- 사람의 마음을 얻는 자는 흥하고 마음을 잃는 자는 망한다.

- 덕을 믿는 자는 일어나고 힘을 믿는 자는 멸망한다.

- 현명한 군주는 의심을 끊고 비방을 버리고 떠도는 말의 흔적을 사라지게 하며 파벌의 문을 막는데 뛰어나다고 한다.

- 처음에 싹을 자르지 않아 무성해지면 어떻게 하나? 터럭같이 작을 때 치지 않으면 결국 도끼를 써야한다. 모든 일은 혼란스러워지기 전에 다스리고 해로운 일이 일어나기 전에 대책을 세워 막아야 한다. 우환이 닥친 뒤에 걱정하면 이미 늦다.
- 대체로 높고 편안한 것을 버리고 위험하고 낮은 것을 선택하는 것은 총명한 사람이 할 일이 아니다.
- 여러 사람의 입은 무쇠도 녹이고, 여러 사람의 비방이 쌓이면 뼈도 녹인다고 한다.
- 이익에 따라 행동하면 원한을 사는 일이 많다.
- 병사를 잘 다스리는 이는 멀리까지 가서 정벌하지 않는다.
- 다른 사람이 무언가 마음에 두고 있다면 내 마음으로 그걸 헤아릴 수 있다.
- 적은 용서하면 안 되고 때는 놓치면 안 된다.
- 마땅히 결단해야 할 것을 결단 하지 못하면 도리어 어려움을 겪게 된다.
- 능력이 없는 자는 감히 관직을 맡지 못하고, 능력이 있는 자는 스스로 재능을 감출 수 없다.

- 평범한 군주는 사랑하는 자에게 상을 내리고 미워하는 자에게 벌을 주지만, 현명한 군주는 그렇지 않아 상은 반드시 공 있는 자에게 주고 형벌은 반드시 죄 있는 자에게 내린다.

- 대부의 집을 번창시킬 인재는 나라 안에서 찾고, 제후의 나라를 번창시킬 인재는 천하에서 찾는다.

- 이로우면 행하고 해로우면 버리고 의심스러우면 좀더 시험해 본다.

- 대체로 모든 일이 평소에 준비 하지 않으면 급박한 경우에 대처할 수 없다.

- 몸과 이름이 모두 온전한 것이 가장 훌륭하며, 이름이 남의 모범이 될 만하지만 몸을 보존하지 못하는 것이 그 다음이고, 이름이 욕되어도 몸만은 온전한 것이 가장 아래다.

- 정당하게 얻지 않은 부귀는 나에게 뜬구름과 같다.

- 물을 거울로 삼는 자는 자기 얼굴을 볼 수 있고, 사람을 거울로 삼는 자는 자기 길흉을 알 수 없다.

- 성공을 했으면 그 자리에 오래 있지 말라.

- 욕심이 그칠 줄 모르면 하고자 하는 바를 잃고, 가지고 있으면서 만족할 줄 모르면 가지고 있던 것 마저 잃는다.

- 소매가 길어야 춤을 잘 추고, 돈이 많아야 장사를 할 수 있다.

- 어질고 성스러운 군주는 가깝다는 이유로 봉록을 주지 않고 공로가 많은 자에게 상을 주며 능력 있는 사람에게 그에 맞는 일을 맡긴다.

- 일을 잘 꾸민다 해서 반드시 일을 잘 이루는 것은 아니며, 시작을 잘한다고 해서 반드시 마무리도 잘하는 것은 아니다.

- 용병의 도는 정공법으로 싸우고, 기이한 계책으로 허를 찔러 이기는 것이다. 싸움을 잘하는 사람은 기이한 계책을 무궁무진 하게 낸다.

- 어리석은 사람은 자기만 생각하고 남을 낮추고 자기를 귀하다 하네.

- 대체로 위태로운 일을 하면서 안전함을 찾고 재앙을 만들면서 복을 구하려고 한다면 계책은 얕아지고 원망만 깊어질 뿐이다.

- 다른 사람에게 의지하는 사람은 기회를 놓치지만 큰 공을 이루는 사람은 남의 약점을 파고들어 밀고 나간다.
- 사물이 지나치게 강성해지는 것을 경계해야 한다.
- 대체로 큰일을 행할 때는 작은 일을 돌보지 않으며 큰 덕이 있는 사람은 일을 사양하지 않는다. 결단을 내려 과감하게 행동하면 귀신도 피하고 뒷날 성공하게 된다.
- 신하의 권력이 그 군주의 권력과 비슷해지면 위태롭지 않은 나라가 없으며, 첩의 세력이 남편의 세력과 비슷하면 위태롭지 않은 집안이 없다.
- 지혜로운 사람도 천 번 생각하면 한 번 실수가 있고, 어리석은 사람도 천 번 생각하면 한번은 얻는 경우가 있다. 성인은 미친 사람의 말도 가려서 듣는다.
- 군사를 잘 쓰는 사람은 이쪽의 단점을 가지고 적의 장점을 치지 않고, 이쪽의 장점을 가지고 적의 단점을 친다.
- 용병에 큰소리를 먼저 치고 진짜 싸움은 나중에 한다는 것은 바로 이런 일을 말 한다.

- 하늘이 주는 것을 받지 않으면 도리어 벌을 받고, 때가 이르렀는데도 과감하게 행동하지 않으면 도리어 재앙을 입는다고 들었다.

- 원래 남의 의견을 듣는 것은 일의 성공과 실패의 조짐이며, 계획을 세우는 것은 일의 성공과 실패의 기틀이 된다.

- 지식은 일을 결단하는 힘이며, 의심은 일하는데 방해만 된다.

- 대체로 공이란 이루기 힘들고 실패하기는 쉬우며, 때란 얻기 어렵고 잃기는 쉽다.

- 큰일을 하는 사람은 사소한 일에 신경을 쓰지 않으며, 덕이 높은 사람은 다른 사람의 비난을 돌아보지 않는다.

- 선비들은 함께 나아가 천하를 얻기는 어렵지만 이루어진 사업을 함께 지킬 수는 있다.

- 힘들 때 치욕을 참지 못하면 사람 구실을 할 수 없고, 부귀할 때 뜻대로 하지 못하면 현명 하다고 할 수 없다.

- 천금을 가진 부잣집 아들은 마루 끝에 앉지 않고, 백금을 가진 부잣집 아들은 난간에 기대어 서지 않으며, 현명한 군주는 위험을 무릅쓰면서까지 요행을 바라지 않는다.

- 옛말에 옛것을 바꾸고, 습관화된 도리를 어지럽히는 자는 죽지 않으면 망한다.

- 사람을 알지 못하면 그의 친구를 보라.

- 군자란 말에는 어눌하고 행동에는 민첩해야 한다. <공자>

- 그 군을 알지 못하면 그가 부리는 사람을 보고, 그 아들을 알지 못하면 그 아들이 사귀는 벗을 보라.

- 작은 나라와 큰 나라가 함께 일을 하면 이로운 것이 있을 때에는 큰 나라가 복을 받고, 일이 잘못되면 작은 나라가 화를 입게 된다.

- 이익에 사로잡히면 지혜가 흐려진다.

- 미워하는 것이 같은 자는 서로 돕고, 좋아하는 것이 같은 자는 서로 붙들며, 뜻하는 바가 같은 자는 서로 도와 이루고, 하고자 하는 것이 같은 자는 서로 같은 길로 달려가고, 이익을 같이하는 자는 서로를 위하여 죽는다고 한다.

- 친 아버지가 있다고 해도 그가 호랑이가 되지 않으리라는 것을 어찌 알며, 친형이 있다고 해도 그가 이리가 되지 않으리라는 것을 어찌 알겠는가?

- 병법에, 적은 병력의 군대가 끝까지 싸우면 결국 큰 병력을 가진 군대의 포로가 된다.

- 남의 임금이 된 자는 넓고 크지 못한 것을 염려하고, 남의 신하가 된 자는 검소하게 절약할 줄 모르는 것을 염려해야 한다고 했다.

- 조정에서 회의가 열릴 때면 그는 찬반의 실마리만을 진술하여 임금이 스스로 결정을 내릴 수 있도록 하고, 얼굴을 맞대고 상대방의 잘못을 지적하며 논쟁하기를 즐겨 하지 않았다.

- 대체로 싸워 이기는데 힘을 쏟고 함부로 무력을 쓰는 자치고 후회하지 않는 이가 없다.

- 국가의 안위는 임금의 명령에 달려있고, 국가의 존망은 인물을 어떻게 쓰느냐에 달려있다.

- 주나라는 약해서 천하를 잃었고, 진나라는 강해서 천하를 잃었다.

  시대 변화에 따라 바꾸지 못한 게 화근이었다.

- 나라를 다스리는 길은 백성을 부유하게 만드는데서 시작하고, 백성을 부유하게 만드는데 중요한 것은 절약과 검소함이라고 한다.

- 위를 편안하게 하고 백성을 다스리는 길은 예보다 좋은 것이 없다. 예는 사치하기 보다는 차라리 검소하게 하라.

- 일어날 때는 반드시 쇠락할 것을 염려하고, 편안할 때는 반드시 위태롭게 될 때를 생각하라.

- 나라를 다스리는 것은 말을 많이 하는데 있는 게 아니고 어떻게 힘써 행하느냐에 달려 있다.

- 법으로 인도하고 형벌로 바로 잡으면 백성은 형벌을 피하는 것을 부끄럽게 여기지 않는다. 덕으로 이끌고 예로 바로 잡으면 부끄러움을 알고 바르게 살아간다.

- 힘써 농사짓는 것이 풍년을 만나는 것만 못하고, 임금을 정성껏 섬기는 것이 임금의 뜻에 맞추는 것만 못하다.

- 천하에 재해가 없으면 비록 성인이 있다 해도 그 재능을 펼 데가 없으며, 윗사람과 아랫사람이 화합하고 뜻을 모으면 비록 어진 사람이 있어도 공을 세울 수 없다.

- 말을 감정할 때에는 여윈 것 때문에 실수하고, 선비를 감정 할 때에는 가난 때문에 잘못 본다.

- 아름다운 말은 남에게 팔 만하고 고귀한 행실은 자기를 남보다 빼어나게 한다. 군자는 서로 좋은 말을 보내고 소인은 서로 재물을 보낸다.

- 백성이란 일이 이루어진 뒤에 함께 누릴 수 있을 뿐 함께 일을 시작할 생각을 못 한다.

- 큰 덕은 갚지 않아도 되고, 귀중한 물건은 남이 맡기면 돌려주지 않아도 되며, 하늘이 준 것을 받지 않으면 하늘은 그 보물을 도로 빼앗는다고 했다.

- 물건이란 위태로워 보이나 도리어 편안한 것이 있고, 가벼워 보이나 도리어 옮길 수 없는 것이 있으며, 사람은 충성스럽고 신의가 있어도 방종한 사람만 못한 경우도 있고, 때로는 못생겼어도 큰 벼슬에 어울리고, 때로는 아름답고 고운 얼굴을 하고 있어도 많은 사람의 근심거리가 되기도 한다.

- 일에는 빨리 해야 할 것과 천천히 해야 할 것이 있고, 사람에게 잘하는 점도 있고 못하는 점도 있다.

- 세상을 가장 잘 다스리는 방법은 자연스러움을 따르는 것이고, 그다음은 이익을 이용하여 이끄는 것이며, 그다음은 가르쳐 깨우치는 것이고, 또 다음은 백성을 가지런히 바로잡는 것이고, 가장 정치를 못하는 것은 재산을 가지고 백성과 다투는 것이다.

- 물건 값이 싸다는 것은 장차 비싸질 조짐이며, 값이 비싸다는 것은 싸질 조짐이다.

- 빈부의 도란 빼앗거나 안겨 주어서 되는 게 아니고, 교묘한 재주가 있는 사람은 부유해지고 모자라는 사람은 가난한 것이다.

- 예라는 것은 재산이 있는데서 생겨나고 없는데서 사라진다. 그런 까닭에 군자가 부유하면 덕을 즐겨 실천하고, 소인은 자기 능력에 닿는 일을 한다.

- 재물이 없는 사람은 힘써 일하고, 재물이 조금 있는 사람은 지혜를 짜내고, 이미 많은 재산을 가진 사람은 이익을 쫓아 시간을 다툰다.

- 생활을 꾸려 나감에 위태롭게 하지 않으면서 수익을 얻으려는 것은 현명한 사람이 힘쓰는 바이다.

- 상대방의 재산이 자기보다 열배 많으면 몸을 낮추고, 백배 많으면 두려워하며, 천 배 많으면 그의 일을 해주고, 만 배 많으면 그의 하인이 된다. 이것이 사물에 이치다.

- 대체로 가난에서 벗어나 부자가 되는 길에는 농업이 공업만 못하고, 공업이 상업만 못하며, 비단에 수를 놓는 것이 저잣거리에서 장사하는 것만 못하다. 이것이 가난한 사람이 부를 얻는 길임을 말한다.

- 대체로 아껴 쓰고 부지런한 것은 생업을 다스리는 바른길이다.

- 현인을 구하기 위해 앉은 자리가 따뜻해질 틈이 없었다.

- 눈동자를 보면 그 사람됨을 알 수 있다.

- 길흉이 오는 것은 그 문이 따로 있는 것이 아니라 단지 그 사람의 행위가 부르는 것이다.

- 만족할 줄 알면 욕을 당하지 않고 멈출 줄을 알면 위태롭지 아니하다.

- 군자라면 남의 말을 가벼이 따라서는 안 된다.

- 왕술은 언제나 처세할 때, 우선 자기 자신을 돌아보고 그 후에 행동을 해야 하되, 예의상 형식적인 겸양은 하지 아니한다. 그러므로 사퇴해야 할 때는 어디까지나 사퇴한다고 생각했다. 그 곧고 바름에서 벗어나지 않는 것이 모두 이와 같다.

- 사람됨이 술을 마시지 않고 과묵했다.

- 말이 많으면 다투는 일이 많고 훌륭한 사람을 질투하면 친한 사람이 없어진다.

- 누구나 가지고 있는 것을 반드시 가지고 있다고 말할 수 없지만 누구나 가지고 있지 못한 것을 그가 가지고 있지 못한다고 말할 수는 없다.

- 남을 다스리는 일은 자신의 수양에서부터 시작되어야 한다.

- 훌륭한 사람은 말이 적고 경솔한 사람은 말이 많다.

- 오직 도를 터득한 자만이 지나간 일을 비추어 장래의 일을 알게 되는 것이다.

- 기미를 아는 것이 신기하도다. 군자는 윗사람과 사귀어도 아첨하지 않고 아랫사람과 사귀어도 탁하지 않도다. 기밀이란 것은 움직임이 미묘한 것이니 길조가 먼저 나타나는 것이다. 군자는 기기를 보고 일을 하되 해가 질 때까지 기다리지 않는다.
- 군자는 미묘한 것을 알고 드러난 것을 알며, 유한 것을 알고 강한 것을 아니 여러 사람들의 희망이다.
- 현명한 군주는 이치 도리를 내세워서 설득할 수는 있어도 인정으로 설득 할 수는 없다.
- 내가 잘 아는 현명한 사람을 먼저 등용하라. 그러면 네가 모르는 현명한 사람을 남들이 내버려 두지 않고 추천할 것이다.
- 후생을 두려워해야 한다. 뒤에서 오는 사람이 지금 있는 사람에게 미치지 못한다고 누가 말하리오. <논어>
- 군자가 접하는 것은 물과 같고, 소인이 접하는 것은 단술과 같다. 군자는 담담하게 사귀어 이루고, 소인은 달콤하게 사귀어 깨진다.

- 말에 허물이 적고, 행동에 뉘우침이 적으면, 녹은 스스로 얻게 마련이다.
- 형벌을 받고난 사람은 백성 위에 군림할 수 없다.
- 큰일을 하는 사람은 작은 것을 잊는다.
- 부와 귀는 사람들이 바라는 바 이지만, 정당한 방법으FH 그것을 얻지 않았을 때엔 누리지 않는다.
- 상처가 크면 아무는 날은 오래가고, 애통함이 크면 그 치유는 더디다.
- 나쁜 짓은 잘 되는 법이 없고 날랜 자를 느린 자가 따라잡는 법이다.
- 쓸모없는 자들을 위한 언질이란 쓸모없는 것이다.
- 지나치게 사랑하거나 지나치게 미워하는 주인에게는 화가 나겠지. 매사에 중용이 더 나은 법이니까.
- 하인들이란 일단 주인이 권세를 잃고 나면 더 이상 정직하게 봉사하려 하지 않는다.
- 남의 것으로 인심을 쓸 때는 절제하거나 후회할 필요가 없기 때문이다.

- 나는 여러분에게 돈으로부터 덕이 생기는 것이 아니라, 공적이든 사적이든 간에 덕으로부터 돈과 기타의 좋은 일이 생긴다고 말하는 것이다.
- 다수의 의견을 존중 하지 않으면 안 되네.
- 좋은 의견은 존중하고 나쁜 의견은 존중하지 말아야겠지?
- 현명한 사람의 의견은 좋고 현명하지 못한 사람의 의견은 나쁘겠지?
- 현명한 사람은 자기보다 훌륭한 자와 항상 함께 있기를 원할 것이다.
- 토끼는 자기 주변의 풀은 안 먹는다.
- 좋은 사람이 베푼 잔치에는 초대를 받지 않더라도 좋은 사람들이 몰려온다.
- 아는 것이 중요한 것이 아니라 아는 것을 행하는 것이 중요하고, 사는 것이 중요한 것이 아니라 잘 사는 것이 중요하다.
- 병법에, 차라리 내가 남을 핍박할지언정 남이 나를 핍박하도록 하지 말자.

- 지혜가 있는 자는 아직 형체가 나타나기 전에 본다.

- 간하는 자는 그 병폐의 근원을 미리 막아서 발하지 못하게 하려 하여 혹 서리가 올 때부터 얼음 얼 것을 칠기 만드는 것을 보고 염려하였다.

- 말은 교묘하게 하고 얼굴빛을 곱게 꾸미는 사람들 중에는 인한 이가 드물다.

- 백성을 다스릴 때는 일을 신중하게 처리하고 백성들의 신뢰를 얻어야 하며, 씀씀이를 절약하고 사람들을 사랑해야 하며, 백성들을 동원할 경우에는 때를 가려서 해야 한다.

- 어진이를 어진이로 대하기를 마치 여색을 좋아 하듯이 하고, 벗을 사귈 때는 언행에 믿음이 있다면, 비록 배운 게 없다고 하더라도 나는 반드시 그를 배운 사람이라고 할 것이다.

- 군자는 신중하지 않으면 위엄이 없으며, 배워도 견고하지 않게 된다. 자기보다 못한 자를 벗으로 사귀지 말며, 잘못이 있으면 고치기를 꺼리지 말아야 한다.

- 인간관계에서 신의를 지키는 것은 매우 중요한 일이지만, 그보다도 더 중요한 것은 그것이 도의에 맞는가 하는 점이다. 도의에 어긋나면 어쩔 수 없이 신의를 포기 할 수도 있다는 것이다.
- 공손함은 예의에 기본이지만 그것이 지나치면 비굴함이 되고 만다.
- 남이 자신을 알아주지 못할까 걱정하지 말고 내가 제대로 알지 못함을 걱정해야 한다.
- 그 사람이 하는 것을 보고, 그 동기를 살펴보고, 그가 편안하게 여기는 것을 잘 관찰해 보아라. 사람이 어떻게 자신을 숨기겠는가?
- 군자란 말보다 앞서 행동하고, 그다음에 그에 따라 말을 한다.
- 많은 것을 듣되 의심스러운 부분은 빼놓고 그 나머지를 조심스럽게 말하면 허물이 적다. 또한 많은 것을 보되. 위태로운 것을 빼놓고 그 나머지를 조심스럽게 행동하면 후회하는 일이 적을 것이다. 말에 허물이 적고 행동에 후회가 적으면 출세는 자연히 이루어진다.

바르고 정직한 사람을 등용하여 그릇된 사람을 바로잡게 하면 사람들이 따르게 된다.

- 이루어진 일을 논란하지 말고, 끝난 일을 따지지 말며, 이미 지나간 일을 허물하지 않는 것이다.
- 군자는 의리에 밝고 소인은 이익에 밝다.
- 절제 있는 생활을 하면서 잘못되는 경우는 드물다.
- 임금을 섬김에 번거롭게 자주 간언을 하면 곧 치욕을 당하게 되고, 친구에게 번거롭게 자주 충고를 하면 곧 소원해지게 된다.
- 썩은 나무에 조각을 할 수 없고 더러운 흙으로 쌓는 담장에는 흙손질을 할 수 없다.
- 자신이 바라지 않는 일은 남에게 행하지 않는다.
- 세 번 생각한 뒤에야 행동을 하였는데 공자가 말하기를 두 번이면 된다고 했다.
- 나라에 도가 행해질 때는 지혜롭게 행동했고, 도가 행해지지 않을 때는 어리석은 듯이 행동했다. 그 지혜는 누구나 따를 수 있으나 그 어리석음은 아무나 따를 수가 없다.

- 군자는 절박한 것은 도와주지만 부유한 자가 더 부자가 되게 하지는 않는다.
- 사람의 삶은 정직해야 한다. 정직하지 않은 삶은 요행히 화나 면하는 것이다.
- 무엇을 안다는 것은 그것을 좋아하는 것만 못하고, 좋아하는 것은 즐기는 것만 못하다.
- 중간 이상의 사람들에게는 높은 수준의 것을 말할 수 있으나, 중간 이하의 사람들에게는 높은 수준의 것을 이야기할 수 없다.
- 사람이 지켜야 할 도의에 힘쓰고, 귀신은 공경하되 멀리하면 지혜롭다 할 수 있다.

  인한 사람은 어려운 일에는 먼저 나서서 하고 이익을 챙기는 데는 남보다 뒤지는데, 이렇게 하면 인하다 할 수 있다.
- 자신이 원하는 것을 미루어 남이 원하는 것을 이해하는 것이 바로 인의 실천 방법이다.
- 맨손으로 범을 잡고 맨몸으로 황하를 건너려다 죽어도 후회가 없는 사람과는, 나는 함께 하지 않겠다. 반드시 일을

대함에 신중하게 하고, 계획을 잘 세워 일을 이루는 사람과 함께 하겠다.

- 부가 만약 추구해서 얻을 수 있는 것이라면, 비록 채찍을 드는 천한 일이라도 나는 하겠다. 그러나 추구해서 얻을 수 없는 것이라면 내가 좋아하는 일을 하겠다.

- 군자를 귀하게 여기는 도가 셋 있으니, 몸을 움직일 때는 사나움과 거만함을 멀리하고, 안색을 바로잡아 신의에 가까워지도록 하며, 말을 할 때는 천박하고 도리에 어긋남을 멀리해야 한다.

- 백성은 도리를 따르게 할 수는 있지만, 도리를 이해하게 할 수는 없다.

- 그 직위에 있지 않다면, 그 직위에서 담당해야 할 일을 꾀하지 말아야 한다.

- 뜻이 크면서 정직하지도 않고, 무지하면서 성실하지 않으며, 무능하면서 신의도 없다면, 그런 사람은 내가 알 바 아니다.

- 사사로이 뜻을 갖는 일이 없으셨고, 기필코 해야 한다는 일이 없으셨고, 자신만을 내세우려는 일도 없으셨다.

- 평소에는 군자나 소인의 차이가 잘 드러나지 않지만 어려운 시절이 오면 군자의 진면목이 드러난다.

- 함께 공부할 수 있는 사람이라도 함께 도로 나아갈 수는 없고, 함께 도로 나아갈 수 있는 사람이라도 입장을 같이 할 수는 없으며, 입장이 같이 할 수 있는 사람이라도 상황에 따른 판단을 함께 할 수는 없다.

- 군자는 남의 좋은 점을 이룩하도록 해주고 남의 나쁜 점은 이루어 주지 않지만, 소인은 이와 반대이다.

- 군자의 덕은 바람이고 소인의 덕은 풀이다. 풀 위에 바람이 불면 풀은 반드시 눕기 마련이다.

- 일을 먼저 하고 이득은 뒤로 미루는 것이 덕을 숭상하는 것이고, 자신의 악함을 공격하고 남의 악함을 공격하지 않는 것이 악한 마음을 다스리는 것이다.

- 진실된 마음으로 조언을 해주고 잘 인도하되, 그래도 할 수 없다면 그만둘 일이지, 스스로 욕을 보이지 말아라.

- 빨리 성과를 보려 하면 제대로 성과를 달성하지 못하고 작은 이익을 추구하면 큰일이 이루어지지 않는다.

- 중도를 실천하는 사람과 함께 할 수 없다면, 반드시 큰 사람이나 고집스러운 사람과 함께 하리라. 꿈이 큰 사람은 진취적이고, 고집스러운 사람은 하지 않는 바가 있기 때문이다.

- 군자는 섬기기는 쉬워도 기쁘게 하기는 어렵다. 그를 기쁘게 하려 할 때 올바른 도리로써 하지 않으면 기뻐하지 않는다. 그러나 소인은 섬기기는 어려워도 기쁘게 하기는 쉽다. 그를 기쁘게 하려 할 때 올바른 도리로써 하지 않더라도 기뻐한다. 그러나 소인은 사람을 부릴 경우에는 능력을 다 갖추고 있기를 요구한다.

- 군자는 느긋하되 교만하지 않고, 소인은 교만하되 느긋하지 않다.

- 군자로써 인하지 못한 사람은 있어도, 소인으로서 인한 사람은 없다.

- 가난하면서 원망하지 않기 어렵지만, 부자이면서 교만하지 않기는 쉽다.

- 자신의 말에 대해 부끄러움을 가지지 않는다면, 그것을 실천하기 어렵다.
- 자로가 임금을 섬기는데 여쭙자, 공자가 말씀하셨다.
  속이지 말고, 임금의 앞에서 바른 말을 하라.
- 군자는 그의 말이 행동을 넘어서는 것을 부끄러워한다.
- 남이 나를 속이지 않을까를 미리 경계하여 대비하지도 않고, 남이 나를 믿지 않을까를 미리 생각하지 않으면서 그것을 미리 아는 사람이 바로 현명한 사람이다.
- 현명한 사람은 도가 행해지지 않는 세상을 피하고, 그다음은 어지러운 지역을 피하고, 그다음은 무례한 사람을 피하고, 그다음은 그릇된 말을 하는 사람을 피한다.
- 윗사람이 예를 좋아하면, 백성들을 부리기가 쉬워진다.
- 더불어 말을 해야 할 때 더불어 말을 하지 않으면 사람을 잃고, 더불어 말하지 않아야 할 때 더불어 말하면 말을 잃는다. 지혜로운 사람은 사람을 잃지도 말을 잃지도 않는다.
- 기술자는 그의 일을 잘하려고 할 때 반드시 먼저 자신의 연장을 잘 손질한다. 마찬가지로 어떤 나라에 살든지 그

나라의 대부들 중 현명한 사람을 섬기고, 그 나라의 선비들 중 인한 사람과 벗해야 한다.

- 사람이 멀리 내다보며 깊이 생각하지 않으면, 반드시 가까운 근심이 있게 된다.

- 자신에 대해서는 스스로 엄중하게 책임을 추궁하고, 다른 사람에 대해서는 가볍게 책임을 추궁하면, 원망을 멀리할 수 있다.

- 어찌하면 좋을까. 어찌하면 좋을까 하며 고민하고 노력하지 않는 사람이라면, 나도 정말 어찌할 수가 없다.

- 군자는 일의 원인을 자기에서 찾고, 소인은 남에게서 원인을 찾는다.

- 군자는 그 사람의 말만 듣고서 사람을 등용하지 않으며, 그 사람만 보고서 그의 의견까지 묵살하지는 않는다.

- 많은 사람들이 미워한다 해도 반드시 잘 살펴보아야 하며, 많은 사람들이 좋아한다 해도 반드시 잘 살펴보아야 한다.

- 군자는 바른길을 따를 뿐이지 무조건 신념을 고집하지 않는다.
- 유익한 벗이 셋이 있고 해로운 벗이 셋이 있다.

  정직한 사람을 벗하고,

  신의가 있는 사람을 벗하고,

  견문이 많은 사람을 벗하면 유익하다.

  위선적인 사람을 벗하고,

  아첨 잘하는 사람을 벗하고,

  말만 잘하는 사람을 벗하면 해롭다.
- 좋아하면 유익한 것이 세 가지가 있고

  좋아하면 해로운 것이 세 가지 있다.

  예악의 절도를 따르기를 좋아하고,

  남의 좋은 점을 말하기를 좋아하고.

  현명한 벗을 많이 사귀기를 좋아하면 유익하다.

  교만하게 즐기기를 좋아하고,

  방탕하게 노는데 빠지기를 좋아하고,

  주색에 쌓여 음란하게 놀기를 좋아하면 해롭다.

- 군자를 모실 때 저지르기 쉬운 세 가지 잘못이 있다.

  말할 때가 되지 않았는데 말하는 것을 조급하다고 한다. 말할 때가 되었는데도 말하지 않는 것을 속마음을 숨긴다고 한다. 얼굴빛을 살펴보지도 않고 말하는 것을 눈 뜬 장님이라고 한다.

- 태어나면서부터 아는 사람이 최상이고, 배워서 아는 사람이 그다음이며, 곤란한 지경에 처하여 배우는 사람은 또 그다음이고, 곤란한 지경에 처하여도 배우지 않는 사람은 백성 중에서도 최하이다.

- 군자에게는 항상 생각하는 것이 아홉 가지가 있다.

  볼 때에는 밝게 볼 것을 생각하고,

  들을 때는 똑똑하게 들을 것을 생각하며,

  얼굴빛을 온화하게 할 것을 생각하고,

  몸 가짐을 공손하게 할 것을 생각하며,

  말 할 때는 진실하게 할 것을 생각하고,

  일을 할 때는 공경스럽게 할 것을 생각하며,

  의심 날 때에는 물어볼 것을 생각하고,

  성이 날 때에는 뒤에 겪을 어려움을 생각하며,

이득 될 것을 보았을 때는 그것이 의로운 것인가를 생각
한다.

- 오직 최상급 지혜로운 사람과 최하급 어리석은 사람은 바
  뀌지 않는다.

- 공손함은 업신여김을 받지 않고, 너그러우면 많은 사람들
  의 마음을 얻으며, 미더우면 사람들을 신임하게 되고, 민
  첩하면 공이 있게 되고, 은혜로우면 사람들을 부릴 수 있
  게 된다.

- 배부르게 먹고 하루 종일 마음 쓰는 데가 없다면 곤란 하
  도다.

- 나이 사십이 되어서도 남에게 미움을 받는다면, 그런 사
  람은 끝난 것이다.

- 오래도록 함께 일해온 사람은 큰 잘못이 않는 한 버리지
  않으며, 한 사람에게 모든 능력을 갖추어져 있기를 바라
  지 않는다.

- 소인은 잘못을 저지르면 반드시 꾸며된다.

- 군자는 백성의 신뢰를 얻은 후에 그 백성들을 수고롭게 하는 것이니, 신뢰를 얻지 못했을 때는 자신들을 괴롭힌다고 여기기 때문이다.

- 군자는 윗 사람의 신임을 받은 후 간언 하는 것이니, 신임을 받지 못했을 때는 자기를 비방한다고 여기기 때문이다.

- 군자의 잘못은 일식이나 월식과 같다. 잘못을 하면 사람들이 모두 그를 바라보고, 잘못을 고치면 모두 그를 우러러본다.

- 관대하게 대하면 많은 사람들을 얻게 되고, 신의가 있으면 백성들이 믿고 따르게 된다. 민첩하면 공을 이루게 되고, 공정하게 하면 사람들이 기뻐하게 된다.

- 가르쳐 주지도 않고서 잘못 했다고 죽이는 것은 학대한다고 하고, 미리 주의를 주지도 않고서 결과만 보고 판단하는 것을 포악하다 한다. 사람들에게 고르게 나누어 주어야 함에도 출납을 인색하게 하는 것을 옹졸하다고 한다.

- 식견이 있는 이라면 누구나 다 남을 이롭도록 하느라고 수고를 하느니 보다는 오히려 남의 도움으로 자신이 이롭도록 되는 쪽을 택할 걸세.

- 올바른 사람은 자기와 같은 이에 대해서는 능가하려 하지 않을 것이나, 같지 않은 자에 대해서는 능가하려 하겠구려?
- 모든 일은 시작이 제일 중요하다는 것.
- 혼(마음)도 가장 용감하고 가장 분별 있는 경우엔, 외부의 어떤 영향이 그걸 흔들어 놓거나 변화시킬 가능성이 가장 적지 않겠는가?
- 훌륭한 상태에 있는 것은 일체가 다른 것에 의한 변화를 가장 적게 입게 된다.
- 언제나 닮은 것이 닮은 것을 불러들인다.
- 성향상 가장 알뜰한 사람들이 아마도 대개는 가장 부유한 자들로 될걸세.
- 사용하는 기술과 만드는 기술 그리고 모방하는 기술이 있다. 모방술은 변변찮은 것과 어울리어 변변찮은 것들을 낳는 변변찮은 것이다.
- 군주는 배이고 백성은 물이다. 물은 배를 띄울 수도 있지만, 배를 뒤엎을 수도 있다.

- 동으로 의관을 만들면 의관을 단정히 할 수 있고, 고대 역사를 거울삼으면 천하의 흥망과 왕조 교체의 원인을 알 수 있으며, 사람을 거울로 삼으면 자기의 득실을 분명히 할 수 있다.
- 군주 자신의 품행이 단정한데 나라가 안정되지 못하다는 말은 듣지 못 했다.
- 군주가 영민한 까닭은 널리 듣기 때문이고, 군주가 어리석은 까닭은 편협되게 어떤 한 부분만을 믿기 때문이다.
- 성인은 편안할 때에도 위험한 때를 생각한다.
- 지나치게 꼼꼼하면 사물에 대해 여러 가지 의심이 생기는 법이다.
- 경애해야 하는 대상은 군주이고, 두려워해야 하는 대상은 백성이다 라는 말이 있다.
- 백성을 다스리는 군주는 자기가 좋아하는 것 앞에서 만족해 자신을 경계할 수 있어야 하고, 대규모 토목공사를 일으킬 때는 가능한 일만 하고 그칠 때를 알아서 백성들이 안락한 생활을 할 수 있도록 해야 한다.

- 높고 위태로운 일을 생각할 때는 겸손함과 온화함으로 자신을 경계할 생각을 하고. 자만으로 가득 차는 것을 두려워할 때는 거대한 강과 바다가 물줄기를 모두 받아들이는 것을 생각하며.

유희와 사냥의 기쁨에 도취되었을 때는 고대 제왕과 제후들이 그것을 일 년에 세 차례만 했던 것을 생각하고, 나태해지는 것을 두려워할 때는 시종 신중하게 일처리 할 것을 생각하고, 윗사람과 아랫사람 간의 신뢰가 단절되는 것을 걱정할 때는 마음을 비우고 아랫사람의 의견을 받아들이는 것을 생각하며.

참언과 간사한 무리를 염려할 때는 자신의 언행을 단정히 해 간사함을 제거하려고 생각해야 한다.

그리고 상을 시행할 때는 일시적인 기쁨으로 인해 아름다운 것을 장려하는 근거를 잃지 않도록 하고, 처벌할 때는 일시적인 노여움으로 인해 정벌을 남용하는 일이 없도록 해야 한다.

- 무릇 큰일은 모두 작은 일에서 시작되고, 작은 일을 논의하지 않으면 큰일 또한 구할 수 없다.
- 큰 혼란 이후에 쉽게 교화되는 것은 마치 굶주린 사람이 쉽게 음식에 만족하는 것과 같은 이치이다.
- 나는 예로부터 제왕이 교만하고 자만심에 차면 결국에는 실패하는 것을 보았는데 그 수는 헤아릴 수 없을 정도다.
- 사람을 채용하면서 완벽하기를 구하지 않는 것은 자기의 장점으로 다른 사람의 단점을 비교하지 않는 것이다.
- 신임하지 않는 사람이 간언하면 자기를 비방한다고 생각하고, 신임하는 사람이 간언하지 않으면 봉록만 훔치는 자라고 한다.
- 그대의 자리를 신중히 하고 정직을 숭상하면, 신령은 그대의 행동을 알아 그대에게 가장 큰 복을 내리리, 라고 했다.
- 말 한마디 무게는 천금과 같다.
- 예로부터 상소의 말은 대부분 격하고 절박하다. 만일 격하고 절박하지 않으면 군왕의 마음을 움직일 수 없다. 격하고 절박한 말은 비방하는 것처럼 보인다.

- 군주가 재난이 있을 때 그를 위해 죽지 않고, 군주가 자기 나라에서 도망칠 때 그를 위해 따라가지 않는다.

- 군주가 신하를 대함에 있어 손발처럼 친하게 하면, 신하는 군주를 자기 심장으로 간주할 것이다.

  그러나 만일 군주가 신하를 개나 말처럼 대하면 군주를 보통 사람으로 간주한다. 만일 군주가 신하를 똥처럼 본다면, 신하는 군주를 적으로 간주할 것이다.

- 물고기는 물을 떠나면 죽지만, 물은 물고기가 떠나도 여전히 물이다.

- 군자는 참언하는 간사한 소인에 대해 호되게 꾸짖고 노여워하면, 근본을 혼란스럽게 하는 일을 즉시 막을 수 있다.

- 나를 어루만져 주면 나의 군주이고, 나를 학대하면 나의 적이다.

- 중대한 임무는 대신에게 맡기고, 작은 일은 소신에게 맡기는 것이 국사를 처리하는 일반적인 규칙이며 나라를 다스리는 방법이다.

- 군주가 의심이 많으면 혼란스럽다. 신하들을 이해하지 못하면 군주는 걱정스럽다.

- 나라를 다스리는 근본은 오로지 재능을 잘 헤아려 관직을 주고 관원의 수를 줄이는 일에 힘쓰는데 있다.

- 관원을 임명하는 일은 오직 현명함과 능력으로만 한다.

- 관직은 반드시 다 갖출 필요가 없고, 중요한 것은 사람을 알맞게 등용하는 것이다.

- 군주된 자가 반드시 인재를 택하여 관직을 맡기는데. 경솔하게 사람을 쓸 수 없다.

- 천하가 혼란할 때는 오직 그들이 지니고 있는 재능만을 요구할 뿐 그들의 덕행 여부는 돌아보지 않는다.

- 그렇지만 태평성대한 시대에는 재능과 덕행을 모두 갖춘 사람만이 기용될 수 있다.

- 말을 훈련시키는 가장 좋은 방법은 말을 온순하게 만드는 일인 것처럼, 나라를 다스리는 것도 국민들을 순종하게 하는 것이 가장 좋은 방법이다.

- 재물을 갖는 것은 좋지만 부정한 방법으로 얻기는 싫다. 왜냐하면 그렇게 쌓은 재산에는 언젠가 반드시 재앙이 따르기 때문이다.

- 큰일은 사람들 모두를 다 만족시킬 수는 없다.

- 지나친 자유도 지나친 억압도 없을 때 국민들은 지배자를 존경한다.

- 가난한 사람은 절약을 배우지 않아도 자연스럽게 절약하고, 부귀한 사람은 사치를 배우지 않아도 자연스럽게 사치한다.

- 덕행으로 인도하고 예의로 구제한다.

- 관리가 왕들을 섬김에 있어 그 기간이 너무 긴 것은 좋지 않소, 기간이 너무 길면 감정이 깊고, 두려워지며, 항상 그로부터 명분이 어긋나는 생각이 싹트는 것이다.

- 만일 시작할 때 노력하지 않는다면, 최후에는 후회할 것이다.

- 군자 된 자가 설사 덕행이 없을지라도 간언을 받아들일 수만 있다면 성군이 될 수 있다.

- 마음에 모든 일을 주재하는데. 일을 하면서 절제가 없으면 일반적인 이치를 어길 수 있다.

- 쓴 말은 실천에 유리하다.

- 무력은 불과 같아 제어하지 않으면 반드시 자신까지 불에 타게 된다.

- 사사로이 무리를 결성하지 않으면 왕도는 공평하고 정직할 것이다. 당을 결성하거나 사욕에 치우치지 않으면 왕도는 순탄할 것이다.

- 정직한 사람을 등용하고 사악하고 아첨하는 사람을 버리면 백성들은 위를 복종할 것이다.

- 군자는 다른 사람의 장점을 칭찬하고, 소인은 다른 사람의 단점을 공격한다.

- 성명한 군주는 법에 근거하지 작은 지모에 근거하지 않고, 공적인 마음에 의지하지 사사로운 마음에 의지하지 않는다.

- 가벼운 상으로써 사람들에게 선을 따르도록 권할 수 있고, 징벌을 줄임으로써 간사함을 금지한다.

- 사람들이 모르게 하려는 것은 자기가 하지 않는 것만 못하고, 사람들이 듣지 못하도록 하려는 것은 자기가 말하지 않는 것만 못하다.

- 우와탕은 자기를 다스리는 일에 엄하여 그들의 사업은 흥성했다. 그러나 걸왕과 주는 사람들을 다스리는데 엄하여 멸망을 했으니 그들의 멸망은 그 자신들의 마음가짐에서 나온 것이다.

- 덕행을 쌓은 군주는 귀에 거슬리는 말을 듣고, 얼굴을 살피지 않고 하는 간언을 좋아한다. 군주는 충신을 가까이 하려면 의견을 제시하는 인사를 후하게 대우하고 참언하기 좋아하는 자를 질책하며, 간사하고 아첨하는 사람을 멀리해야 한다.

- 말할 때 신용 있게 하려고 하면 말하기 이전에 신의가 있어야 하고, 명령할 때도 신의가 있으려면 명령한 뒤에도 일관되게 성실해야 한다.

  만일 말을 하고도 실행하지 않는다면 말에 신용이 없기 때문이고, 명령을 내렸는데도 집행하지 않는다면 법령에 성의가 없는 것이다.

- 사이가 먼 사람은 친밀한 사람들 사이의 우정을 찢지 못하며, 새롭게 알게 된 사람은 오랜 친구에게 혼란을 더하지 못한다.

- 그들의 거동을 보고 언행이 예법에 부합되지 아닌지를 살펴보면 재앙을 부르고 허물을 취한 원인이 자신들로부터 나오지 않은 경우가 없다.

- 무릇 걱정이나 책임을 몸에 지고 있는 사람은 향락을 다할 틈이 없다.

- 화살을 여러 번 쏴서 적을 맞히기를 바라는 것은 신중하게 살피고 쏘는 것만 못하다는 속담이 있다.

- 명성은 반드시 공을 세운 뒤에 나타나게 되고, 사업도 때를 기다린 다음에야 세울 수 있다.

- 지혜로운 자는 시기에 순응하며, 작은 것을 굽혀 큰 것을 펴고 공적인 것은 보존하고 사사로운 것을 홀시한다.

- 우제는 겉으로 순종하는 것을 경계하고, 공자는 자기를 좋아하는 사람을 허물로 여겼다.

- 군주가 바른 이치로써 신하를 다스리면 군주는 신하는 모시기 쉽고, 신하가 간사함이 없으면 군주는 아랫사람의 감정을 쉽게 안다.

  신하들을 이해하지 못하면 군주는 매우 수고롭게 된다.

  귀함과 교만함이 서로 약속하지 않지만 교만은 자연스럽게 이르고 부유함은 사치와 서로 약속하지 않았지만 자연스럽게 이른다.

- 수양한 사람은 편안할 때 위험을 잊지 않고, 존재할 때 멸망을 잊지 않으며, 태평할 때 혼란을 잊지 않는 까닭에 자신도 편안하고 나라도 보존할 수 있다.

- 소인의 행복이 바로 군자의 불행이다.

- 작은 은혜를 베푸는 사람은 큰 덕을 상하게 된다.

- 명령을 신중하게 하면, 명령하자마자 반드시 실행되어 다시 바꾸지 못한다.

- 칭찬은 고래도 춤추게 한다.

- 은혜가 너무 심하면 도리어 폐망한다.

- 길이 다르면 서로 도모하지 않는다.

- 주는 것이 곧 얻는 것임을 아는 게 정치의 비책이다.

- 군자는 생각하는 것이 자기의 위치를 벗어나지 않는다.

- 폭력을 사용해서가 아니라 설득으로 사로잡아라.

- 용사란 자신의 강함과 무리 많음을 믿고 약하고 의로운 자를 능멸해서는 안 되며, 명철하고 은혜로운 군주는 옳은 것을 뒤흔들면서 자신이 하고 싶은 바를 행하지는 않는다.

- 충성은 죽음도 거역하지 않으며, 간언은 어떤 죄를 뒤집어써도 겁내지 않는다.

- 얻는 것도 그때가 있는 법이며, 잃는 것도 그 죄가 되지 않아야 한다.

- 의로운 자를 공격하는 것은 상서롭지 못한 일이며, 편안한 자를 위태롭게 하였다가는 틀림없이 곤액을 만나게 된다.

- 훈련되지 않은 백성들을 동원하여 전쟁을 하는 것은 생명을 버리는 것이다.

- 전쟁에서 가장 나쁜 것은 쉴 수 없는 것이고, 무공에서 가장 귀한 것은 전쟁을 멈출 수 있는 것이다.

- 만족할 줄 알면 치욕을 당할 수 없고, 적합함을 알고 멈추면 위험을 만날 수 없다. <노자>
- 부리면서도 쉴 수 있도록 하면 기쁜 마음으로 복종할 것이다.
- 아는 것이 어려운 것이 아니라 실천함이 어렵다.

  그것을 실천함이 어려운 것이 아니라 그것을 끝까지 견지함이 어렵다.
- 이익이 없는 일을 하여 유익한 일에 손해가 없으면 대업은 성공하는 것이다.

  기이한 물건을 진귀하게 여기고 일상 용품을 경시하지 않으면 백성들이 풍족할 것이다.
- 남을 끌지언정 남에게 끌리지 않는 것으로서 꾀로서는 상책이다.
- 무릇 사냥을 할 때 짐승을 쫓아 잡는 것은 개요. 발종지시하는 것은 사람이다.

- 성공하는 사람의 7가지 습관

  1. 적극적이 되자.

  2. 목표를 확립하고 행동하자.

  3. 소중한 것부터 먼저 하자.

  4. 상호이익을 추구하자.

  5. 경청한 다음에 이해시키자.

  6. 시간을 잘 활용하자.

  7. 심신을 단련하자.   <스티븐 코비>

- 병력이 많은 자는 싸워야 하고 병력이 적은 자는 지켜야 한다는 것은 병가의 상도다.

- 근본을 버리고 끝으로 나아가고, 높은 것을 두고 나직한 것을 취하고, 가까운 것을 놓고 먼 곳으로 가는 이 세 가지는 모두 상서롭지 못하다.

- 만족할 줄을 알면 욕되지 아니하고 그칠 줄을 알면 위태하지 않다.

- 시작할 때 마칠 것을 생각하다.

- 당장 눈앞에 보이는 일보다는 중요한 일부터 먼저 하는 습관을 들여야 한다.
- 다스림을 이룩하는 도리는 오직 어진 사람을 구하는데 달려있다.
- 공자가 마구간에 불이 나자 사람이 상했는가 묻고 말에 대해서는 묻지 않았다.
- 위엄은 청렴함에서 생기고 정사는 부지런함에서 이루어진다.
- 너그러우면서도 풀어지지 않고 어질면서도 나약하지 않으면 일을 그르치는 바가 없을 것이다.

  모든 일을 단속하지 않고서 오직 너그럽기만 힘쓴다면 아전들이 문서를 꾸미고 법을 농간하여 관부의 질서가 이루어지지 않을 것이니, 모름지기 권한이 언제나 자기 자신에게 있도록 하여. 조종하며 통제하는 모든 일이 다른 사람에게서 나오지 않도록 하면 크게 관대하더라도 무방할 것이다.

- 벼슬살이할 때에는 모름지기 스스로는 항상 한가하고 아전들은 항상 바쁘도록 해야만 한다. 만약 스스로 문서 속에 파묻혀서 정신을 차릴 수 없으면 아전들이 곧 폐를 끼칠 것이다.
- 옆에 가까이 있는 사람들이 하는 말을 그대로 듣고 믿어서는 안 된다.
  그냥 부질없이 하는 얘기 같아도 모두 사사로운 의도가 들어 있다.
- 군사와 먹을 것은 버릴지언정 끝내 믿음은 버려선 안 된다.
- 행동으로 가르치는 자에게 따르고, 말로 가르치는 자와는 다툰다.
- 무익한 소비는 성인들이 아까워하였고. 실속 없는 일은 지혜로운 자가 싫어하였다.
- 가정에서 가끔은 하인들이 많은 것이 적은 것보다 도움이 덜 되는 것이다.
- 노예들은 좀 풀어주면 건방져서 주인과 대등해지려 하고, 좀 거칠게 다루면 앙심을 품고 주인에게 음모를 꾸미기 때문이다.

- 지배를 받아보지 않은 사람은 좋은 지배자가 될 수 없다.

- 법은 감정이 없는 반면 인간의 마음은 언제나 감정에 휘둘리기 마련이다.

- 시작 단계의 잘못은 작다 해도 나중 단계의 모든 잘못을 합친 것과 맞먹는 것이다

- 큰 지혜를 지닌 사람은 여유가 있지만 작은 지혜를 지닌 사람은 남의 눈치만 본다.

- 두려움이 작을 때에는 두려워 떨지만 두려움이 크면 멍청해진다.

- 사실 진정한 용기란 지휘관에 대한 완전한 사랑과 존경에 의해서만 만들어지는 것이며, 아무리 뛰어난 사람이라고 해도 사랑이 없다면 다만 그 사람을 존중할 뿐이지 본받으려 하지 않을 것이다.

- 친구와 고용인이 다른 것. 친구는 인격과 이야기에 탄복해서 사귀는 사람이고, 고용인은 돈에 복종한 사람이라고 말했다.

- 민중의 지지를 받고 있는 사람의 한 마디가 다른 천 사람의 말보다 더 힘이 있다.

- 이익이 없는 일을 하여 백성들의 이익을 해치지 말라.

- 사람을 알아볼 수 없으면 패업이 손상되고, 사람을 알아보지만 임용할 수 없으면 패업이 손상되고, 임용했지만 신용할 수 없으면 패업이 손상되고, 이미 신임 했어도 소인에게 그를 간여하도록 하면 패업이 손상된다.

- 탐욕을 야기할 수 있는 물건을 못 보게 하여 백성들의 마음이 어지럽혀지지 않도록 하라.

- 현명한 지혜를 감추고 백성을 다스려야한다.

- 공로가 있어도 겸손한 군자는 처음부터 끝까지 길하고 이익이 있다.

- 군주는 그릇에 비유되고 백성은 물에 비유된다.
  둥근꼴이든 네모꼴이든 그릇에 의해 결정되는 것이지 물 자체로 결정되는 것은 아니다.

- 세차고 매우 빠른 바람과 같이 탐욕스러운 사람은 친구까지 해친다고 했다.

- 현재 기용하려는 사람은 도덕과 재능. 학식 세 가지에 의거 해야만 한다.
- 가족 간의 위계질서가 반듯하게 설 때 나라의 기강이 확립된다.
- 많은 사람이 모두 싫어한 연후에 형벌을 가하고, 많은 사람이 모두 좋아한 연후에 상을 주십시오.
- 정치가는 사람들 속에서 느끼는 고독과 비웃음을 참아낼 수 있는 힘을 가져야 하는 것이다.
- 민중의 환심을 사기 위해 아첨하는 자는, 민중에게 무례하게 구는 자보다 낫다.
- 민중들 앞에 머리를 숙임으로써 권력을 지키는 것도 수치스러운 일이지만, 공포와 힘으로 권력을 지키는 것도 수치스러울 뿐만 아니라 정의롭지 못한 일이기 때문이다.
- 나라에 큰 위험을 끼치는 것은 돈을 많이 가진 사람들이 아니라, 너무 가난해서 원한이 생긴 사람들이라는 것을 알고 있었다.

- 다 쓰지도 못할 것을 쌓아두는 사람은 돈의 노예일 뿐이다. 필요가 없으면서도 구하려고 애쓰는 것은 어리석은 짓이며, 꼭 필요한 데도 인색하게 아끼는 것은 미련한 행동일 것이다.

- 구걸하고 있는 사람의 소원을 들어주는 것은 쉬운 일이지만, 강한 자를 두려워하지 않고 대항한다는 것은 어려운 일이기 때문이다.

- 말은 정복자의 창과 칼이 할 수 있는 모든 일을 할 수 있다.

- 사람이란 아무리 어려운 일이라도 자기의 상관들이 함께 하면, 복종이나 명령이라는 생각을 하지 않게 되어 훨씬 수월하게 해낼 수 있다.

- 나쁜 자들은 또 나쁜 일에는 쓸모가 있다. 못이 못을 뺀다.

- 사람들이 공격하고 경멸하는 것은 정신이 맑은 사람이 아니라 술 취한 사람이며, 깨어 있는 사람이 아니라 잠자는 사람이기 때문이다.

- 원래 평민들은 자기들을 경멸하는 사람을 두려워하지만, 자신들을 두려워하는 사람에게는 힘닿는데까지 도움을 주고 싶어 하는 법이다.

- 세상이 어지러워지면 악한 자가 설친다.

- 장군의 임무는 아군이 우세할 때는 적을 싸움에 끌어들이고, 아군이 약할 때는 전투를 피하는 것이다.

- 플라톤은, 영웅은 큰 죄와 큰 덕을 함께 가지고 있다는 말을 했다.

- 효자는 그의 부모에게 잘 보이려 들지 않고 충신은 그 임금에게 아첨하지 않는다.

  그것이 신하와 자식의 훌륭한 태도이다.

- 그 자신이 어리석음을 아는 사람은 어리석은 것이 아니다.

  그 자신이 미혹된 것을 아는 사람은 크게 미혹된 것은 아니다. 크게 미혹된 자는 평생토록 자신의 잘못을 이해하지 못하고, 크게 어리석은 자는 평생토록 자신의 그릇됨을 깨닫지 못한다.

- 세 사람이 길을 가는데 한 사람이 미혹되어 있다면 목적지로 갈 수가 있다. 그것은 미혹된 자가 적기 때문이다

  세 사람 중 두 사람이 미혹되었다면 수고만 하지 목적지에 다다르지 못한다. 그것은 미혹된 자가 우세하기 때문이다.

- 올바르게 하려면 자기가 올발라야 하는 것이다.

- 충실히 간하여도 듣지 않을 때에는 눈치껏 물러서야지 다투어서는 안 된다.

- 상대방의 좋은 점을 주목하면 대화는 즐거워진다.

- 합해지면 떨어지게 되고, 이룩되면 무너지게 되고, 모가 나면 꺾이게 되고, 높으면 비판을 받게 되고, 뜻있는 일을 하면 공격을 받게 되고, 현명하면 모함을 받게 되고, 못나면 속임을 당하게 된다.

  그러니 어떻게 꼭 재난을 면할 수가 있겠는가?

- 스스로 뽐내는 사람은 공이 없게 되고, 공을 이룩한 것을 드러내는 사람은 실패를 하게 되고, 명성을 이룩한 사람은 화를 당하게 된다고 하였다.

- 사람은 자기를 드러내려 하는 데서 위해를 받게 된다.

- 그 습속에 들어가서는 그곳의 법도를 따라야 한다.

- 자신도 잊고 자기 밖의 일이나 물건을 추구하는 것은 재난의 원인이 된다.

- 훌륭한 사람이라도 스스로 훌륭하다는 것을 내세우면 결국은 남의 미움을 받게 되는 것이다.

- 남에게 잘난 체하며 자기 재주만 믿고 살다가는 결국 해를 당하고 만다.

- 덕은 명성을 추구하는 데서 잃게 되고, 명성은 자기를 드러내려는 데서 망치게 된다. 책략은 다급한 데서 생각하게 되고, 지혜는 다툼에서 나오는 것이다. 삶의 보호는 관능을 지키는 데서 이루어지고, 일의 성과는 모든 조건이 알맞을 때 나타난다.

- 사람들이란 자기와 같은 입장에 대해서는 순응하지만, 자기와 같은 입장이 아니면 반대를 한다. 자기와 같은 생각은 그것을 옳다고 인정하고, 자기와 다른 생각은 그것을 그르다고 부정한다.

- 크게 결백한 사람은 더러운 것 같이 행동하고, 덕이 성대한 사람은 덕이 부족한 것처럼 행동하는 것이다.

- 진실한 도로써 자기 몸을 다스리고, 그 나머지로써 국가를 돌보고, 그 찌꺼기로써 천하를 다스리는 것이다.

- 만족할 줄 아는 사람은 이익 때문에 스스로를 해치지 않고, 자득할 줄 아는 사람은 이익을 잃어도 두려워하지 않

고, 속마음의 수행이 되어 있는 사람은 지위가 없어도 부끄러워하지 않는다 하였다.

- 사람을 멀리 놓고 부리면서 그의 충성됨을 살피고, 가까이 놓고 부리면서 그의 공경함을 살피는 것이다.

  그에게 번거로운 일을 시키고서 그의 능력을 살피고, 갑자기 질문함으로써 그의 지혜를 살피는 것이다. 급작스럽게 그와 약속을 함으로써 그의 신용을 살피고, 재물을 그에게 맡겨 봄으로써 그의 어짊을 살피는 것이다. 그에게 위태로움을 얘기해 줌으로써 그의 절의를 살피고, 그를 술로 취하게 함으로써 그의 법도를 살피는 것이다.

  남녀가 섞여 지내게 함으로써 그의 호색 정도를 살피는 것이다.

  이 아홉 가지 시험을 다 마치면 못난 자를 가려낼 수가 있게 되는 것이다.

- 아름답고, 멋진 수염이 나고, 키가 크고, 몸집이 크고,

  힘이 세고, 멋이 있고, 용기 있고, 과감한 여덟 가지가 모두 남보다 뛰어나면, 이것 때문에 궁해지는 것이다. 밖에

물건에 순응 하고, 남을 따라 행동하고, 곤경에 빠져 남만 못한 듯이 행동하는 것. 이 세 가지 것은 모두 사람을 뜻대로 되게 하는 것이다.

- 지혜가 뛰어나면 많은 비난을 받게 되고, 용기와 힘이 있으면 많은 원한을 사게 되며, 어짊과 의로움을 내세우면 많은 책망을 듣게 된다.

- 인격적 훌륭함이란 습관의 축적된 결과로 생겨나는 것이다

- 중용을 실천하면 군자이고, 중용을 실천하지 않으면 소인이라는 것이다.

- 흐르는 하천의 물을 이용하고자 하는 사람을 훼방하지 말라.

  불을 붙이고자 하는 사람이 있거든 불을 붙여 주어라.

  고민하는 자가 원하거든 상담에 성실하게 응해주라.

  이런 것들은 받는 자에게는 이익이요, 주는 자에게는 손해는 아니다. 남에게 불을 붙여 주었다고 해서 자신의 불빛이 덜 빛나는 것은 아니다.

- 모든 일을 시작하기 전에 세심한 준비를 갖추도록 해야 할 것이다.

- 우리는 위대해지면 해질수록 그만큼 더 겸손하게 행동할 줄 알아야 한다는 충고자들의 말 이상으로 좋은 교훈이 없다고 본다.

- 분수, 모든 일은 분수가 이미 정해졌거늘 덧없는 인생이 부질없이 저 혼자 바쁘구나.

- 재앙은 요행으로 면하지 못하고 복은 두 번 다시 구하지 못한다. 세상일이란 마음대로 되지 않는다.

- 대장부는 마땅히 다른 사람을 포용할지언정 다른 사람에게 포용되는 사람이 되어서는 안 된다.

- 술 취한 가운데도 말을 하지 않는 것은 참 군자요. 재물 거래에 분명한 것이 대장부다.

- 모든 유희는 이로움이 없고, 부지런함만이 공이 있게 된다.

- 복은 맑고 검소한 데서 생겨나고,

  덕은 (몸을) 낮추고 겸손한 데서 생겨나며,

  도는 평온하고 고요한 데서 생겨나고,

  생명은 조화롭고 화락하는 데서 생겨난다.

  근심은 욕심이 많은 데서 생겨나고,

재앙은 탐하는 마음이 많은 데서 생겨난다.

허물은 경솔하고 교만한 데서 생겨나고,

죄악은 어질지 못한 데서 생겨난다.

눈을 경계하여 다른 사람의 그릇됨을 보지 말고,

입은 경계하여 다른 사람의 단점을 말하지 말고,

마음을 경계하여 탐내고 성내지 말며,

몸을 경계하여 나쁜 벗을 따르지 말라.

이롭지 않은 말을 함부로 하지 말고,

나와 관계없는 일은 함부로 하지 말라.

군왕을 존경하고, 부모에게 효도하며,

어른을 공경하고, 덕이 있는 이를 받들며,

어진 이와 어리석은 이를 분별하고 배움이 없는 자를 용
서하라.

사물이 순리대로 오거든 물리치지 말고,

사물이 이미 지나가버리면 뒤쫓지 말며,

몸이 불우하더라도 바라지 말고,

일이 이미 지나갔거든 생각지 말라.

총명한 사람도 어두울 때가 많고,

잘 세운 계획도 편의를 잃을 때가 있다.

다른 사람에게 해를 끼치면 결국 자기도 손실을 입을 것이요,

권세에 기대면 재앙이 서로 따르게 된다.

경계하는 것은 마음에 있고,

지키는 것은 의기에 있다.

절약하지 않음으로써 집안을 망치고,

청렴하지 않음으로써 지위를 잃는다.

그대에게 권하니 스스로 평생을 경계하고 탄식하며

놀라고 두려워하라.

위로는 하늘의 거울이 다다라 있고, 아래로는 땅의 신령
이 살피고 있다.

밝은 곳에는 세 가지 법도가 이어 있고,

어두운 곳에는 귀신이 서로 따르고 있다.

오직 바른길을 지키고 마음으로 속이지 말고 경계하고 경
계하라.

- 와서 옳고 그름을 말하려는 사람이 바로 남에게 시비를 거는 사람이다.
- 사람의 의리는 다 가난한 데서 끊어지고, 세상의 인정은 곧 돈 있는 집으로 쏠린다.
- 사람의 정이란 모두 군색함 속에서 서먹서먹해진다.
- 큰 부자는 하늘에 달려 있고, 작은 부자는 부지런함에 달려 있다.
- 무릇 노복을 부릴 때에는 먼저 그들의 배고픔과 추위를 생각하라.
- 서로를 아는 사람이 천하에 가득하되 마음을 알아주는 사람이 몇이나 되겠는가?
- 열매를 맺지 않는 꽃은 심지 말고 의리 없는 친구는 사귀지 말라.
- 길이 멀어야 말의 힘을 알 수 있고, 날이 오래되어야 사람의 마음을 알 수 있다.
- 말하여진 것이 잘 이루어졌다는 데서 신의라고 불리게 되었다.

- 적절한 시기에 적합한 행동을 하는 것.

- 신중하게 행동하는 것이 현명하게 생각하는 것보다 더 가치가 있다.

- 인간이 인간에게 최대의 이익을 가져다주는 원천이기도 하고, 또 최대의 손해를 끼치는 원천이기도 하다.

- 나는 누구나 이러한 상태에서 사람의 마음을 사로잡아 자기 자신에게 유리하게 붙잡아 두는 것이 바로 덕의 속성이라고 규정한다. 그런데 생명이 없는 것들과 동물들을 이용하고 다루어 인간 생활에 유익하게 되도록 하는 것은 기술에 의한 것인데 이 기술들을 습득하려면 인간의 노력이 필요하다.

  그러나 그 반면에 재산을 증식시키기 위해서라면 만반의 준비 태세가 갖추어져 있어 재빨리 작용하는 인간의 분별력이야말로 지혜와 덕을 통해 분발되는 것이다.

- 베풂은 능력에 부합해야 하고 중용의 법칙이 최상이다.

- 기술의 본질은 끊임없는 연습에 있다.

- 먼 거리에서 함성을 지르는 것은 무식함과 비겁함의 표시다.

- 패자에게 희망을 주어야만 정복자는 안전하다.

- 창고가 가득해야 예절을 알고, 의식이 충분해야 영예와 치욕을 안다.

  예의를 알지 못하면 나라가 망한다. 명령을 내리면 마치 물이 낮은 곳으로 흐르듯 민심을 순응하게 해야 한다.

- 들은 것을 돌이켜 잘 새기는 사람을 귀가 밝다고 하며, 자기 자신을 잘 들여다보는 사람을 눈이 밝다고 하고, 자신을 이기는 사람을 강한 사람이라 한다.

  스스로를 낮추는 것이 스스로를 높이는 것.

- 임금의 병은 마음이 넓지 못한 데에 있고, 신하에 병은 검소하지 못하고 절약할 줄 모르는 데 있다.

- 물이 웅덩이를 채우고 난 뒤에 흘러가니, 평소에 덕행을 쌓는 것이 마땅하다.

- 공이 있는 자를 포상하는 것은 물론이고 공이 없는 자도 격려하라.

- 여러 번 이겨 천하를 얻은 자는 적고 망한 자는 많다. <오기>

- 백전백승이 최선의 방법이 아니라 싸우지 않고 굴복 시키는 것이 최선이다. <손자병법>

- 유능한 자를 윗자리에 앉히고 무능한 자를 아래에 두라.

- 의에 근본을 둔 계획은 반드시 얻는 것이 있고, 백성에 근본을 둔 일은 반드시 성공하게 된다.

- 세 사람 이상의 의견을 듣지 않으면 미혹에 빠진다.

아내에게

쓰는 시

내 꽃(편)

늘 불어오던 꽃내음이
어느 봄날 꽃이 되어
내 앞에 나타났네.
앞 뜰에 심어둘까
꽃병에 둘까
마음속에 심기로 하였네.
마음속에 꺼내어 보고 또 보고
마음속에 꺼내어 맡고 또 맡고
영원히 죽지 않고 시들지 않는 내 마음속에 꽃
참 잘했네 내 마음에 심기를.

소 녀

나 항상 그대 곁에 머물겠어요
시간이 허락되는 날까지.
나 항상 그대 보고 있을게요
내 눈이 잠들기 전까지.
나 항상 그대 사랑하겠어요
내가 죽는 날까지.
나 항상 그대 지켜주겠어요
열심히 일하여서.
나 항상 그대 그리울 겁니다.
내가 죽어서도.
너무나 행복해서 죽고 싶지 않아요
그대 두고서.

아들에게 남기는 인문학

지은이 이철호

1판 1쇄 발행 2018년 4월 11일

저작권자 이철호

발행처 하움출판사
발행인 문현광
교정교열 조세현
디자인 박현
주소 광주광역시 남구 주월동 1257-4 3층 하움출판사
ISBN   979-11-88461-26-4

홈페이지 http://haum.kr/
이메일 haum1000@naver.com

좋은 책을 만들겠습니다.
하움출판사는 독자 여러분의 의견에 항상 귀 기울이고 있습니다.